vmn

Wilhelm Wolpert

Heuer schenk mer uns ämal nix

Hoffentlich haltn sa sich alla dran, die Schlawiner!

Gesamtherstellung:
Haßfurter Medienpartner GmbH & Co. KG,
97437 Haßfurt

ISBN 978-3-940168-80-1

Das Umschlagbild wurde von Helmi Scheuring gezeichnet.

Bibliografische Information der Deutschen Bibliothek
Die Deutsche Bibliothek – CIP-Einheitsaufnahme
Ein Titelsatz für diese Publikation ist bei
Der Deutschen Bibliothek erhältlich.

4. Auflage 2015

Über Wilhelm Wolpert können Sie sich auf seiner Website unter www.wilhelm-wolpert.de informieren.

Viele weitere Bücher und Hörbücher von Wilhelm Wolpert finden Sie auf der letzten Seite oder im Internet unter www.vmn-naumann.de

vmn
Verlag M. Naumann

Brucknerstraße 1a, 63452 Hanau
Tel. 06181 3007986, Fax 06181 9068335
E-Mail: info@vmn-naumann.de
Besuchen Sie uns im Internet:
www.vmn-naumann.de

Inhalt

Die Gedichte

Die Geschichten

Weihnachtswunsch

Es iss kalt, mei Fraa und ich, mir trinkng ä Pünschla.
Es geht auf Weihnachtn, da hat sie ä ausgefallenes Wünschla:
»Ach, Schatzi«, secht sa (und des mecht mich fei scho stutzig),
»Ach, Schatzi, ich hab än Weihnachtswunsch, aber der iss fei ä weng schmutzig.
Du sollerst mich ab nächsts Jahr ämal ganz besonders küssen.
Die Kinner solln net derbei sei, die müssn net alles wissen.
Und zwar – mir sinn ja erwachsen, da kann mer so äwas sag –
auf Stellen, die ich scharf find und die ich besonders mag.«
Ich bin ganz erregt und raff mei letzta Manneskraft zamm
und sag zu era, dass mir doch schon ä gewisses Alter hamm.
Nein, secht sa, des wär ihr Wunsch, und dass ich ein Sadist wär.
Sie möchert auf drei besondera Stellen geküsst wär,
und zwar – und jetzt flüstert sa mir's lüstern nei mei Öhrla:
»Auf Teneriffa, auf Mallorca und auf Madeira.«

Ä Weihnachtsgebetserhörung

Papa, Papa, beim Johannes, wo ich heut war, da steht soooo ä großer Fernseher!« Der klee Ludwig mecht mit seiner zwä klenna Arm einen fast Zwä-Meter-Griff. »Und sooooo hoch!« Der Ludwig holt Luft, und dann setzt er nach: »So een müssertn mir aa hab«, er sucht und trifft än Vater sei wunda Stell, »da sichst du dann die Bundesliga-Fußballspiele wie im Stadion selber, und die Mama braucht kee neua Brilln, da sicht sa die Rosamunde Pilcher doppelt so groß.«

Der Vater, er häßt Waldemar, winkt müd ab. Es Geld iss knapp. Er isst sei Fleischwurschtbrot und trinkt sei billigs Fernsehbier derzu. »Ich will ämal seh«, beruhigt er die Kinner.

Aber die Mutter schreit: »Halt euer Goschn! Mir brauchng kenn neua Fernseher! Deswecher wird des Programm aa net besser!« Sie will sich lieber vo dem bissla Geld Kosmetik käff und vielleicht äwas zum Anziehn.

Jetzt guckng mir uns ämal, abseits vo dera Familie än ganz annern Moo, den Egon an. Ä reicher, dicker Junggsell iss er mit än altn Schäferhund. Wemmer scho zölibatär lebt – des war immer sei Spruch –, nacher braucht mer wenigstens än gscheitn Hund. Der Egon braucht nix, und er kriecht aa nix auf Weihnachtn. Nix, wenn er sich's net selber käffert.

Gelangweilt geht er in der Einkaufsgalerie hin und her. Sei Schäferhund, der Hasso, iss scho sehr alt. Er muss hintern Egon hertrottel, denn er hängt fest an der Leina, und der Egon – so kann's geh – hängt halt an dem treua Tierla, mit ganzem Herzen. Es hat scho ämal eener gsacht, er sollert na ei lass schläfer, aber er denkt gar net dran.

Sie laffm durch die Buchhandlung, die zwä, aber Bücher hat der Egon scho haufmweis, da braucht er nix mehr derzu. Der Hund legt sich hin und schnappt nach Luft.

»Zu Hasso«, schent der Egon, »auf geht's! Ä bissla Bewegung brauch mer alla zwä scho noch, bevor mer uns dann derhemm wieder aufs Kanapee lechng und den Tatort anguck müssn.«

Zurück zum Waldemar. Der arm Kerl vo vorhin höckt in sein klenna Autola und fährt auf die große, neue Einkaufsgalerie zu. Was soll er wieder einkäff? Ach ja, Kartoffln und Nudeln und – des derf er net vergess zwä Flaschn vo dem billichng Rotwein.

Ä groß beleuchtets Schild sieht er als erschtes: »Medium-Markt – ich bin doch net doof!« Morchng iss Heilicher Abend.

Ja, ja, des wäß er aa, dass die dort die großa Flachbildschirme in jeder Größ hamm. Sei Kinner freuertn sich scho sehr, er iss zwar net doof, aber sei Geld langt halt net hint und net vorn, da kann er sich dreh und wend, wie er will. Er steht jetzt mit sein klenna Autola auf dem Parkplatz von der Galerie, fast alles iss vollgeparkt, sei Auto ghört zu die klennsta. Soll er Schulden mach und doch so än großen Bildschirm käff? Au weh, da kriechert er's mit seiner Fraa zu tun, obwohl sa 0% Zinsen versprechng, fast ohne Sicherheiten. Ä Bank-Leuchtreklame wirbt: »Wir machen den Weg frei!«

Der Egon, der Junggsell vo vorhin, ziecht sein Schäferhund mehr, als dass der läfft. Er will noch mehr seh vo die Adventsangebote, er will weiter durch die Einkaufspassage.

»Geh zu, stell dich net so an, du fauler Hund. Derhemm kriegst da wieder dei Schappi vom Pappi. Hopp, ä bissla laff mer noch.«

Sie sinn jetzt im ›Medium-Markt‹ – sie sinn doch aa net doof. Morchng iss Heilicher Abend, än Haufm Leut sinn da, sie treten sich fast tot.

Der Egon guckt sich die CDs und die DVDs durch, was er scho hat, und was er net braucht. Es iss warm in dem Laden, die Leut ziehn ihr Kittel aus. Sei Hund kann nix mehr. Der Egon guckt jetzt die Navis durch und dann die Mobiltelefoniererei.

Da hat er plötzlich ä Problem mit seiner Hundeleine. Na, was iss jetzt des? »Hasso!« Der Deutsche Schäferhund liegt da und rührt sich nix mehr. Er war zu alt, es war na zu warm, er wollt nix mehr, er hat sei Hundleben satt und hat's beendet. Er iss in die ewigen Jagdgründe.

»Na, er wird mer doch net freckt sinn?« Tatsachlich, er iss sanft entschlafen. »Was mach ich denn jetzt?«

Ä Verkäufer kummt gerennt: »Was iss denn mit Ihrn Hund?«

»Ich fürcht, er iss hie. Einfach so, gstorbm. Was mach mer denn jetzt?«

»Da kann er net bleib, Sie müssn na wegbring.«

»Wie denn? Des iss leichter gsacht als wie getan.«

»Wartn Sa ämal, ich bring Ihna ä großa Schachtel, da könna Sa na neigetu, und dann trachng Sa na bittschön naus.«

Der arm Waldemar guckt ner bloß flüchtig auf aus seiner schwera Gedankng, wie er plötzlich sieht, dass neber sein Auto ä Moo daherkummt, auf än flottn Mercedes-Sportwagen losmarschiert, und unterm Arm hat er einen riesengroßen Karton von än neuen Flachbildschirm-Fernsehapparat.

›Mensch, hat da eener än großn Fernseher käfft‹, denkt er, ›na ja, die wu Mercedes fahrn, die hamm aa es Geld. Des Auto wenn ich seh, dann wäß ich scho alles.‹

Jetzt sicht der Waldemar, wie der reiche Moo sein großn, schweren Karton ämal längs und ämal quer na sei Auto hält, und er sieht aa, dass der groß Karton niemals in des klenna Sportflitzerles-Köfferräumla neigeht. ›Na ja‹, denkt der Waldemar, ›er hat ja noch sei Dachreling. Da muss er na halt fest anbind, dass der teuer Apparat net runterfliecht.‹

Der Egon steht traurig mit seiner Sargschachtel, wu sein Deutscher Schäferhund drin iss, vor sein Auto.

›Ä Läbm lang‹, denkt er sich, ›ä Läbm lang hat er Mäus gfangt, und jetzt, jetzt iss er mausetot.‹ Er überlegt: ›Die groß Schachtel bring ich net da nei, ich muss sa höchstens an der Reling festbind. Armer Hasso‹, denkt er, ›jetzt wirst aa noch ausgekühlt obm aufm Autodach, aber du spürst's ja nix mehr. – Da brauch ich natürlich ä gscheita Schnur, die wu aa hält.‹

Er stellt sei Schachtel ä weng verdeckt hinter sei Auto, dass mer sa net gleich so sicht, und geht noch ämal nei, nein ›Medium-Markt‹. Er will nach ä Schnur frech. Sei Hasso soll wohlbehaltn hemmgfahrn wer, und dann wird er im Gartn beerdigt.

›Ich denk ich begrab na unter dera großn Fichtn, da wu er besonders gern sei Bee ghobm hat.‹

Der Waldemar traut seiner Aachng net. Da lässt doch der alte Spinner sein sündteuern Fernsehapparat eefach so mittn aufm Parkdeck stehn, ganz ohne Bewachung – und geht wieder fort. Des gibt's doch net! Der Karton steht da und, es fängt leis es Schnein an. Morchng iss Heilicher Abend.

Der Waldemar hat kee Geld, aber da steht direkt vor ihm, in wirklich greifbarer Nähe, einer der teuersten Fernsehapparate, Marke TechniSat, mit alla Raffinessn. Und kee Mensch iss in der Näh.

Der Karton steht so nah an dem Waldemar sein

klenna Autola, dass mer tatsächlich denk könnt, er hätt na käfft und wöllert na gleich einlad. Er steigt aus und guckt den Karton vo aller Seitn an als wöllert er seh, ob die groß Schachtel überhaupt nei sein klenna Autola passt.

Der Waldemar hat schon lang nix mehr gebet, aber jetzt bet er: »Lieber Gott, lass mich stark sei, ich hab doch noch nie so was Teuers geklaut.«

Woll mer ämal seh, ob sei Stoßgebet erhört wird. Oder soll er vielleicht doch …?

»Nein!«, schreit der Waldemar, »hundert Mal nein! Der teuer Fernsehapparat soll net vollschnei – und nass wer soll er scho gar net. Du lieber Gott, er wird mer doch nei mein klenna Autola passn?«

War des jetzt noch ä Stoßgebetla? Alles umsonst, die Anfechtung war zu groß.

Der Egon kummt zurück. Er hat ä starka Schnur ergattert. Es schneit, es dämmert scho, und es sinn nix mehr viel Auto da. Er will sein totn Hasso im Karton jetzt auf sei letzta Reis auf sein Mercedes schnall.

»Na, wu iss er denn? Da hab ich doch den Karton hingstellt. Zum Dunnerwetter! Hasso! Wo bist du?«

Der Karton iss fort, der Hasso iss fort. Die merschtn Auto sinn aa fort. Der Egon iss baff.

Am nächsten Tag, am Heilichng Abend, iss der arme Waldemar der aufgeregteste in der ganzn Familie. Sei Herz bumbert ner so. Wie er den großn Karton unter des klenna Christbäumla stellt, erschallt von die Kinner ein unbeschreiblicher Jubel.

Wie sa dann den neua Fernsehapparat auspackng, lässt der Jubel allerdings stark nach, und der Waldemar braucht än großn Schnaps.

Da soll noch ämal eener sach, der Herrgott tät die Weihnachtsgebete vo seiner Sünder net erhör.

Schlittschuh fahrn

»Bist du verrückt? Es iss zu warm, da kannsta doch net aufs Eis!« –
»Beruhig dich, Mutter, es Eis iss dick, des hält uns noch haufmweis.« –
»Nä, bleib da, des Eis iss zu dünn, du bist doch genug Schlittschuh gfahrn.« –
»Beruhig dich, da passiert nix, es Eis iss doch meterdick gfrorn.« –
»Du willst halt net annersch, du bist ja scho immer gscheiter wie ich gewesn.
Kumm mer ner hemm und du bist ersuffm, na nämm ich aber än Besn!«

Als wär's ä Stück vo mir

Die Margot und der Paul hamm was zu feiern. Frachng Sa mich net, was; ich wäß bloß, dass die Margot gsacht hat: »Also, des ghört gfeiert, Paul! Mir gehen so wenig aus, heut abends ess mer ämal im ›Hotel Post‹. Da gibt's ä Weihnachtsfestmenü.«

Der Paul iss aa dafür, dass weihnachtlich gfeiert wird. Er secht: »Die Oma kann ja auf die Kinner aufpass. Also gönn mer uns ämal ä Weihnachtsmenü.«

Die Margot zieht ihr feierliches Klädla an, und der Paul muss – ob er will oder net – sei Krawattn neimach. Kurz noch ämal gekämmt, und der Paul putzt sei Zähn flüchtig durch. Des hat er heut früh vergessn, aber wenn mer die Bedienung anlächelt, soll des scho mit geputzta Zähn sei. Ganz besonders stolz iss er auf sein nagelneua Stiftzahn. Vorn oben, wenn mer reikummt, der dritt vo rechts. Vor vier Wochng erst einzementiert; schöner wie sei selber gewachsena Zähn, strahlt der Kunststoffstiftzahn in seiner Mundhöhleninneneinrichtung.

Um siema gehen sa ausn Haus zum ›Hotel Post‹, zu Fuß; es sinn ja ner bloß ä paar Schritt. Unter dem festlich geschmückten Christbaum sinn an än klenna Viertischla noch drei Plätz frei. Der alt Amtsgerichtsrat höckt scho da, aber der stört ja net. Mer begrüßt sich und wünscht sich ein frohes Fest, der Baam brennt.

Sie nämma Platz. In so än feina Haus hässts net ›sie setzten sich‹ – nein, im ›Hotel Post‹ nimmt mer Platz. Und mer isst aa net im ›Hotel Post‹ – nein, da wird gespeist statt gessn. So vornehm iss es dort – obwohl wiederum es Kätzla vom Wirt ganz unhygienisch-unscheniert unterm Christbaum rumschleicht. Es gibt immer wieder ämal von die Leut ä runtergflochngs Speisebröckela zum Naschn.

Die Margot und der Paul bestelln es Weihnachtsfestmenü. Erst kummt ä Salätla mit än Schrimpsla, än Petterla, än Sößla, än Pfifferla und än Töstla. Net schlecht, aber ä weng weng. Jetzt schlürfm sa ihr Süppla mit geröstа Wecklesbröckeli, aa mit än Petterla – und aa ä weng weng.

Der alt Amtsgerichtsrat kriegt grad, wie alla Tag, sei Frikassee; er iss nix mehr so bissfest.

Dann kummt für die Margot und fürn Paul der weihnachtliche Hauptgang: Gänsebrust mit Kroketten und Krautssalat. »Frisch gschlacht und zart im Fleisch«, war in der Speisekartn gstanna. Vo ›jung‹ war nix zu lesen. Wahrscheints war die Gans scho ä Rentnerin. Sie hat vielleicht gar net gschlacht wer müss und iss an Altersschwäche eiganga.

Da, es geht scho los. »Die Messer schneiden nix«, mümmelt der Paul.

Aber die Margot wäß des besser: »Die Messer schneidn scho. Die Gans lässt sich net schneid – die iss zäh wie Hoseleder.«

Jetzt hat der Paul än Schlegel in der Kur.

Der alt Amtsgerichtsrat secht: »Nämma Sa doch Ihr Hend. Des iss doch normal bei Gflügel.«

Der Paul will grad die starka Flechsn durchbeiß, da tut's ä klenns Knackserla. War des jetzt die Flechsn oder ä Knöchla?

Außern Paul hört des kenns. Die Margot sieht ner bloß aus die Aacherwinkel, wie ä klenn weiß Böllerla wie so ä Sternschnuppm an ihr vorbeifliecht Richtung Amtsgerichtsrat und Christbaam. – Es Kätzla spielt mit dem runtergebollertn Christbaamschmuck …

Wie sich der Paul grad än Wüschel Kraut nei sein Mund steckt, merkt er plötzlich, dass sei Unterkiefer an eener Stell kenn richtigen Gegenbiss mehr hat. Er versteckIt sein Rachen hinter seiner Serviettn und langt mit sein Zeigefinger nei seiner Kauwerkstatt. Dunnerwetter, sei neuer Stiftzahn fehlt!

»Margot«, flüstert er, »mei Stiftzahn iss fort.«

»Des gibt's doch net, der iss doch erscht neizementiert worn.«

»Aber er iss fort. Die Scheißgans iss zu zäh. Ich hab mir na rausgebissn.«

»Und wo iss er jetzt?«

»Wäß ich doch net! Aber ich brauch na, der muss wieder nei, der hat fümfhunnertneunzig Euro gekost.«

Die Margot erinnert sich plötzlich: »Du, da iss vorhin äwas klenns Weißes an mir vorbeigflochng.«

»Des war er! Wu iss er denn hingflochng?«

»Da, auf den Christbaam zu.«

Der Paul späht wie ein Indianer. Unterm Baam liecht scho ä weng runtergflochngs Lametta und zwä Kügeli, eens freckt und eens noch ganz. Zwischer die Scherben leucht ä weng was Weißes raus. Der Paul höckt sich ganz schräg auf die Stuhlkantn und streckt sei rechts Bee. Er kummt mit sein Schuh fast na an die Scherbm. Er dreht und windet sich und verzieht derbei sei Gsicht.

Die Bedienung kummt und frecht teilnahmsvoll: »Iss Ihnen net gut? Hamm Sie Bauchweh? Gell, des Kraut bläht Ihna? Wolln Sie än Jägermeister? Der Abort iss fei gleich links den Gang nunter.«

»Nä«, zischt der Paul; er kann bloß noch zisch. »Nä, ich mach immer nachng Essn ä weng Stretching.«

Da sieht er den alten Amtsgerichtsrat sein Spazierstock. »Kann ich ämal Ihrn Steckng hab?«

»Na freilich. Gell, Sie wolln sich des Christbaamkügela hol?«

»Nä, schlimmer. Im Vertrauen: Mir iss mei Stiftzahn stiftn ganga, der muss mir rausgflochng sei, den such ich jetzt.«

Da strahlt der alte Amtsgerichtsrat: »Des iss mir fei kürzlich genauso ganga. Meiner kummt die Wochng wieder nei, da hab ich na eisteckng.« Und er klopft auf sei Westntasch. »Die Zahnärzt ärbertn alleweil sehr schlampert.«

Jetzt angelt der Paul mit dem alten Spazierstock vom alten Amtsgerichtsrat. Er probiert's so lang, bis er sein Zahn wieder hat. Gott sei Dank ... Dunnerkeil, des iss ja gar kee Zahn! Des iss ä Spielsteela vo die Kinner ihrer Zwickmühl!

Es Kätzla vom Wirt kummt gsprunga; der Paul hat na sei Spielzeug abgenumma. Es Kätzla denkt: ›Vielleicht will der Paul mit mir spiel?‹ Dunnerwetter, wo iss der Zahn? So schwimmt der Paul aa wieder net im Geld, dass er sich alla paar Tag neua Stiftzähn leist könnt.

»Sie, Fräulein«, zischt der Paul die Bedienung an, »wenn Sie heut abend da hinna aufräuma, dann guckng Sie doch bitte, sei so gut, nach än Stiftzahn.«

»Warum?«

»Weil mir mei neuer Stiftzahn, ganz im Vertrauen, rausgsprunga iss.«

»Aber Sie hamm doch noch Ihr Zähn ...«

Da zeigt der Paul ganz offen sei Lückng und steckt sein Zeigefinger nei. »Und was iss des?«, zischt er.

»Ach ja, jetzt seh ich's aa«, kichert die Bedienung. »Sie sehn ja aus wie der Dracula.«

»Mir iss es net zum Lachng! Des kummt vo euern Scheißgensbraten, er war viel zu hart.«

»Außer Ihna hat kee Mensch sein Zahn rausgebissn.«

»Des iss mir wurscht! Der Zahn hat fümfhunnertneunzich Euro gekost, der muss wieder her.«

Die Margot will jetzt aa ämal äwas sag: »Vielleicht liegt er ja unterm Teppich oder in so ä Teppichfaltn. Wenn's beim Staubsauchng ämal klappert, dann hamm Sa na.«

Der Paul verzieht sei Gsicht bei der Aussicht, dass er sein Zahn aus än Staubsaugerbeutel wieder nei seiner Goschn kriegt, und er schent: »Ihrn Koch verklag ich! Der hat die Gans zu hart gebraten!«

Da wiegt der alte Amtsgerichtsrat sein altn Kopf und meld sich zu Wort; des iss sei Handwerk, es Verklagen.

Er hält ein Plädoyer: »Der Koch iss unschuldig. Da müssn Sa scho die Gans verklag. Die hat beim Schlachtn ihr wahres Alter verschwiegen. Aber Tota kann mer nix mehr verklag. Wolln Sie einen guten juristischen Rat? Verklagen Sa doch Ihrn Zahnarzt. Der hat Geld wie Heu, und der lebt noch.«

Der Paul iss stocksauer, und er deut auf den alten Amtsgerichtsrat: »In die Richtung iss er gflochng, mei Zahn, erst aufm Herrn Rat und dann aufm Christbaam zu. Ämend hängt er gar im Baam drin.«

»Au weh«, lacht die Bedienung, »der bleibt fei stehn bis Lichtmess.«

Es Kätzla frisst inzwischn die letzt paar runtergebollertn Speisereste von die Gäste.

Der Paul hat jetzt die Nasn voll: »Margot, mir gehen hemm. Trink dein Schoppm raus. Mir zahln!«

Der alte Amtsgerichtsrat secht: »Ich zahl auch. Ich hab ghabt wie immer.«

Die Bedienung rechngt: »Bei Ihnen, Herr Rat, macht's elf Euro fünfäsiebzig wie immer. – Und bei Ihnen …« sie zählt än Paul sei Gensbrätn und sei Schoppm zamm, »… bei Ihnen …«

Da schreit der alte Amtsgerichtsrat: »Ich hab's klee!« und gibt der Bedienung zu sein Zehnmarkschein ä Hend voll klenns Geld aus seiner Westntasch. »Der Rest ist für Sie.«

Die Bedienung staunt: »Gell, Sie zahln jetzt scho mit Elfenbein? Heiliger Gott, des iss ja ä Zahn!« Sie gibt na dem Paul: »Da, Ihr Zahn iss wieder aufgetaucht.«

»Gott sei Dank«, freut sich der Paul, »ich will na gleich ämal probier.«

Er steckt den Zahn in die Lücke und schreit: »Des iss ja gar net mei Zahn! Der passt ja hintn und vorn net!«

Da meld sich der alte Amtsgerichtsrat: »Halt, halt ämal, des iss mei Zahn! Den brauch ich noch.«

Im ›Hotel Post‹ herrscht totales Durcheinander. Der Herr Rat steckt sein Zahn wieder ein, die Margot zieht ihrn Mantel an, der Paul schent auf den Koch und den Gensbraten, die Bedienung räumt es Gschirr zamm, und es Kätzla kaut grad auf än ganz besonders zähen Stückla rum. Jetzt würgt des Kätzla, ruckt mit sein Köpfla, erstickt fast an dem Bissn und kotzt dann alles raus.

Ja, was iss denn des? Äwas klenns Weißes! Es iss kaum zu glaubm: Dem Kätzla iss ägrad aa ä Stiftzahn aus der Goschn gflochng. Aber halt: Katzn hamm doch gar kee Stiftzähn – des iss ja endlich dem Paul sei Stiftzahn.

Überglücklich strahlt der Paul: »Gott sei Dank, er iss wieder da. Immer noch besser als wie ausn Staubsauger.«

Ja, ja, wo Ordnung iss, geht nix verlorn.

Schachteln

Der Bua iss zehn Jahr alt, was soll er ämal wer'?
Der Vater legt sich fest: »Der wird Ingenieur!«
An Weihnachtn kriegt der Bua – man ahnt es schon –
än Computer in einem großen, festen Karton.
Iss des net was Schöns für so än Bua, auf Weihnachtn?
Er krabbelt gleich ganz nei in die groß Schachtel.
Er secht: »Des iss mei Haus, und da iss mei Bett!«
Der Computer selber interessiert na nu net.
Es nächsta Gschenk werd jetzt angesagt:
»Ä Stereoanlage«, in än Karton verpackt.
Der Bua packt's aus, iss des net schön?
Jetzt kann er Musik hör – und hat scho zwä Kartön.
Als Drittes ä Hometrainer, ä Kraftmaschin –
die iss aa in ä ganz großa Schachtl drin.
Dann, für sei Gitarre ä Verstärker mit Mikrofon.
Er spielt sofort – mit dem wunderschönen Karton.
Was iss denn mit die Gschenke? Der Bua mecht sich nix draus.
Er baut stundenlang aus die Schachteln ä Haus.
Statt mit Computer zu spieln, baut er sich ä Pappedeckel-Nest,
Da strahlt der Vater, und er stellt aa gleich fest:
»Der Bua werd ganz bestimmt ämal Architekt!«
Aber die Mutter wirkt heut ä weng verschreckt.
Sie meent: »Den sei Fraa iss ämal net zu beneiden.
Der spielt so gern mit alta Schachteln, hoffentlich hat des nix zu bedeuten.«

Besuch

»Also, des sag ich euch«, der Vater spricht wie bei einem Schwur, »nie, aber auch niemals möchert ich an die Feiertag im Gebirg oder gar in der Südsee sei. Für mich«, er guckt schnell auf die Mutter, »für uns gibt's ner bloß unner echt fränkischa Heimat und unner echt fränkischa Weihnachtsfeiertag. Denkt bloß ämal an Neujahr, die viela Bekannta, wo mer trifft und dena wu mer alla än gutn Rutsch wünsch muss. Iss des net schö, die viela Freunde? Neujahr auf Teneriffa zum Beispiel: unmöglich! Auswärts an die Feiertag? Nä! Nie und nimmer! – So«, fährt der Vater fort, »heut am erschtn Feiertag mach ich ämal des, des wo ich sonst es ganz Jahr net mach: Ich mach ä Mittagsschläfla.«

Die Mutter gießt einen Wermutstropfen in den Freudenbecher: »Aber fei bloß ä knapps Stündla, gell?«

»Wieso?«

»Weil dei bucklert Verwandtschaft auf Besuch kummt: dein Herr Bruder mit seiner werten Gattin.«

»Ach Gott, des hab ich ja ganz vergessn. Heut, am erschtn Feiertag, kumma die? Die wern mer doch ihr Carmen net aa mitbringa …«

»Die Carmen, die iss garantiert derbei. Die lassn sa doch mit ihrer vier Jahr net ällees derhemm.«

Der Mittagsschlaf iss ausgfalln, es Haus iss auf Besuch hergericht worn. Den gutn Cognac weg – den vom Aldi her. Die selbergebackena Plätzli weg – die gekäffta billiga Christstolln her. Die guta Vasn hochgstellt, aufm Bücherschrank oben links, wecher der Carmen – die Kitschvasn vom Flohmarkt aufm Tisch. Die Süßigkeiten am Christbaam auf über Vier-Jahr-Höhe hochghängt. Die Kisseli aufm Sofa rumgedreht – die Seitn, wo sowieso scho Fleckng sinn, nach obm. Die Katz hat scho was geahnt und iss im Garten verschwunden.

»Klaus-Peter?«

Der Klaus-Peter, ihr Bua, iss scho sieben Jahr alt und spielt grad mit sein neuen Weihnachtscomputer. Er hat scho sei sechstes Moorhuhn erlegt.

»Klaus-Peter!«

»Ja, was iss denn?! Ich hab jetzt kee Zeit!«

»Klaus-Peter, der Onkel Friedrich und die Tant Hyazintha kumma. Kämm dich und zieh dei guts Zeug an.«

Es schellt, sie sinn da.

»Aber es iss doch erscht halber«, mosert der Vater.

»Mach auf«, die Mutter kennt sa besser, »dei Bruder iss wie immer überpünktlich. Wahrscheints hamm sa Hunger.«

»Ja, grüßt euch Gott! Iss des schö, dass ihr aa wieder ämal kummt«, lügt der Vater. »Mir frään uns ja so, dass ihr euch aa wieder ämal seh lasst. Ihr hätt uns gar kee größera Frääd mach könn. Und die Carmen habt ihr doch hoffentlich aa derbei! – Da iss sa ja! Du bist aber ä groß Mädla worn!«

»Ja, die Carmen iss heut ä weng verkält. – Carmen! Tu dei Finger ausn Poppes und geb der Tante und dem Onkel ä schöna Hend! Putz endlich dei Nasn!«

Die Carmen hat ä riesige Rotzglockng, und sie lässt zur Begrüßung ä grossa Kaugummiblasn aus ihrn Göschla raus. Die Rotzglockng hängt jetzt malerisch auf dem Chewing-gum-Ballon, und die Carmen frecht zwischer Ballon und Glockng durch: »Wo issn euer Katz?«

»So, geht rei, ich mach Kaffee. Wie geht's euch denn?«

»Ach, uns geht's gut. – Wo issn der Klaus-Peter? Gell, der iss gar net da?«

»Joo, der iss in sein Zimmer und spielt mit sein neua Computer.«

»Waaas? Computer? Sötta Gschenke könna mir net mach.«

Bei der erschtn Erwähnung des Computers rennt die Carmen naufm Klaus-Peter sein EDV-Zentrum.

Untn geht zunächst es Gspräch weiter: »So, so, euch geht's also gut. Na, des iss schö. – Greift zu! – Ich glääb, mir kriechng anners Wetter.«

»Ja, da kannsta recht hab. Mein Rheuma nach ...«

Sie kann net weiterred, die Tant, weil mer ausn erschtn Stock ein schrilles Gezeter hört und dann ein jämmerliches Geheul. Die Großa stürzn nausn Gang und müssn erleb, wie der Klaus-Peter die Carmen, die na an sei Schienbee kickt, an ihra langa Haar zöbelt.

Die Carmen hat die abgerissene Maus in der Hend, die Schnur bambelt lose in der Luft, und der Klaus-Peter heult: »Die hat mein neua PC frecktgemacht!«

»Was? Ä WC?« frecht die Tante Hyazintha.

»Nä, sei neuer Computer.«

Die Carmen kreischt: »Der hat gsacht, ich soll sei Maus drück!«

»Aber doch net dran zerr, du blöda Kuh!«

Die Großa gehen jetzt nein Computerraum.

Aufm Bildschirm steht in großen Buchstaben „ERROR", und der Drucker druckt grad sei fünftes leeres Blatt raus. Zu allem Unglück hat die Carmen aa noch den Locher runtergschmissn, und die Konfetti fliechng jetzt im ganzn Zimmer rum.

»Des iss halt noch ä Kind«, wiegelt der Onkel Friedrich ab. Aber der Vater secht mit eisigem Blick: »Des kost mindestens zwähunnert Euro bein Schlegelmilch.«

Wie der Klaus-Peter grad wie auf wunderbare Weise des Wort „ERROR" weg und sein Explorer wieder drauf hat auf sein Monitor, will die Mutter mitn Staubsauger des Konfetti schnell wieder wegmach. Sie zieht irgendeinen Stecker aus der Dosn, um ihrn neizusteckng. Ein erneuter Aufschrei vom Klaus-Peter iss die Folge. Der Monitor iss black, und än Klaus-Peter sei Programme sinn erscht ämal offline. Der Klaus-Peter heult, und der liebe Besuch geht wieder nunter nein Wohnzimmer.

Die vierjährige Carmen, der Teifel, hat inzwischen scho längst wieder ä neus Spielzeug. Die Katz iss grad vom Garten rei. Die Carmen mecht ä Christkindles-Katz aus era: Sie behängt sa mit Lametta und will aa nuch ä Kerzla nei ihrn Ohr zwick. Derbei schnufert sa immer wieder ihr Rötz nauf.

Jetzt höckng sa, die ganz Verwandschaft, wieder beim Kaffee und Christstolln.

Die Carmen hat än Dominostein vom Norma in ihrer warma Kinder-Hend. »Na, wie lang willst na denn noch halt?« Jetzt endlich isst sa na und stützt sich dann mit die Domino-Schokolad-Finger auf dem hellen Alcantara-Sofa ab. Jetzt hat mer endlich ämal ä paar deutlicha Fingerabdrück von era.

Die Tante Hyazintha tröstet: »Mit Terpentin geht des leicht wieder raus – oder mit Benzin.«

Jetzt hat die Carmen anständigerweis ihr dunkelbrauna Schokoladenhend an ihrer eigena helle Sonntagsjackng abgeputzt.

Wie der Klaus-Peter grad in der Tür erscheint, än Schrauberzieher und ä Hämmerla in der Hend, und bekanntgibt, dass sei neuer Personal-Computer wahrscheints jetzt endgültig hin iss, öffnet die Carmen ihr Göschla ä weng, verdreht die Aachng, legt ihr Köpfla ä weng zurück uuuuund – haaaaaatschi!

»Helf Gott!«, schrein sa alla und lachng.

Bloß die Tant lacht net. Sie hat als eenzicha gemerkt, dass bei dem Niesn sich ä sehr großer Tropfen aus der Carmen ihrer Nasn gelöst hat und jetzt malerisch an einer roten Christbaumkugel im Baam bambelt. Während die Carmen ihr restlicha Rötz mit dem Ärmel von ihrn Jäckla sauber und ordentlich wegwischt, stellt sich die Tante nebern Christbaum und versucht heimlich des Rotzglöckla von der Kugel wegzuputzen. Platsch! Da freckt die Kugel unter der Tante Hyazintha ihrn Tempo-Taschentuch.

Jetzt spricht der Onkel Friedrich ein Machtwort: »So, ich glääb, mir gehn hemmzuus.«

Aber des geht jetzt noch net, denn die Carmen hat grad den Klaus-Peter sein Weihnachtsfußball unterm Christbaum entdeckt und probiert än Elfmeter in Richtung Bücherschrank. Der Vater kann nix mehr eingreif und hofft nur noch, dass es ein flacher Aufsetzer wird, unten rechts. Er wird getäuscht – es wird ä platzierter Hammer nein linkng obern Eckla. Statts Torschrei fliecht die gut Vasn runter.

»Jetzt gehen mir aber endgültig hemm«, schent der Onkel sei Carmen, »du bist ja unmöglich!«

»So, also schö, dass der wieder ämal da wart«, seufzt die Mutter, die Katz schnuppert an die Vasenbruchstückli, und der Vater secht: »Macht's gut! Und noch schöna Feiertag nachträglich.«

»Also«, verabschied sich der Onkel Friedrich, »also, adieu. – Was macht'n ihr eigentlich an Silvester? Da könnert mer doch gemeinsam ...«

»Nä, mir verreisen. Des hammer scho immer ämal mach woll«, erklärt der Vater.

»Ach bleibt halt da, dann könn mer mitänanner feier. Und die Carmen kann auf ihrer Blockflötn spiel.«

Der Vater hebt die Schultern und secht bedauernd: »Ja, des wär schö gewesen, aber leider, mir hamm scho Teneriffa gebucht.«

Pferdeäpfel
(fränkisch: Göllsbollern)

Schneeballschmeißn mecht im Winter zwar ziemlich viel Spaß,
Aber gfrorena Göllsbollern sausen besser, und mer wird net so nass.
Die winterliche Schmeißerei iss für die Läushammel es schönsta Spiel.
Manchmal hamm sa sogar die Gemüseweiber aufm Marktplatz als Ziel.
Da schreit scho eena: »Hört sofort auf mit die Werferei!
Ich meld's den Schandarm, der führt euch ab und sperrt euch ei!«
Wie sa noch bläckt, kummt der nächst Göllsbollern scho gschmissn.
Heut steinhart gfrorn, gestern früh frisch und warm vo än Gaul gschissn.
Er saust durch die Luft, dunkelbraun und schö rund.
Und er trifft dera Marktfraa bei dem Wort ›ei‹ nei ihrn Mund.
Die Goschn iss voll, dass sa mit ihrn Dauma kaum neikummt.
Da zischt sa: »Der bleibt jetzt drin, bis die Polizei kummt!«

So ein Krüppel!

Mir sinn in einer Christbaumkultur, wo sich die Leut selberabgsägta Bäum käff könna – wenn's sei muss, een Tag vor Weihnachtn. Frischer geht's nix mehr. Das Ganze hat natürlich sein Preis, aber, wie gsacht, der Baam könnert dann locker bis Lichtmess stehnbleib, so wie's früher war, wie's noch kee Heizunga gäm hat.

Mickrig und verschämt war ä klenns, krumms Fichtla unter lauter Prachtexemplare von angehenda Christbäum gstanna.

»Was hast denn du überhaupt hier verlorn, so wie du aussichst? Dich nimmt doch kee Mensch, so ä verkrüppelta Statur! Net ämal een gscheitn Ast hasta. Du bist ä richtiger Storax!« Des war der verächtliche Kommentar von der Nordmanntanne.

Und es war die Antwort, weil des fränkischa Fichtla so aufgemuckt hat. Es möchert halt aa ämal ä Christbaum sei, hat's gejammert, und es wär doch es schönsta Ziel für än Nadelbaum, als Christbaum zu enden.

»Des wäß ich aa, dass ich net schö bin«, brummt des Fichtla weiter vor sich hin, »aber schö grün bin ich, ä gsunda Farb hab ich, und mei Nadeln halt ich fei lang. Des hab ich in der Baumschul gelernt. Ich war fei der Best in meiner Klass, ich hab sogar die mittlere Reife gemacht.

Allerdings, ich hab aa scho viel mitgemacht in mein junga Fichtnläbm. Wie ich vier Jahr alt war, hat sich so ä junger Rehbock sei Gehörn an mir abgstoßn, dann hamm die alta Reh nix wie an meiner Knöspli rumgeknabbert, und dann iss zu allem Unglück aa noch so ä blöder Schilangläufer über mich drübergfahrn.«

Jetzt war sa scho fast ä weng zu groß für ä Wohnzimmer, die Fichtn, von ihrn krumma Wuchs ämal ganz abgsehn. Nei ä Kirch hätt sa natürlich noch gepasst, weil die Kirchng sinn ja zur Ehre Gottes, hoch, aufm Himmel zu gebaut. Aber nei ä Kirch? Nä, wenn du so aussichst, so zerzaust und abgerissn, dann hast du keine Schanz. Nä, nei die Kirch kumma ner bloß Schönna, Aufrechta und Untadelicha – mit een Wort: guta Christn und guta Fichtn.

In ihrn Stolz hamm die Nordmanntannen, die Blaufichtn und die annern Adeligen gar net gemerkt, dass sa sich in ihrer Eitelkeit, in ihrn Drang nach Karriere als Christbaam, den Tod einghandelt hamm und dass sa scho nach acht bis spätestens vierzehn Tag entweder von die Pfadfinder eingsammelt oder verbrennt oder zum Einpacken, als Frostschutz für empfindlicha Plänzli, verwend worn sinn. Wie so oft im Lääm: Der Stolz und die Karrieresucht verdränga die Gedankng an später.

Des missratena Fichtla hat immerhin bis heut viele Altersgenossen überlebt.

Die Johanna iss mit ihrer Kinner und mit än dickng Geldbeutel zum Christbaamraussuchng in die Kultur kumma, und die Kinner sinn von een schönna Baam zum annern gerennt und hamm es Auswähln angfangt.

Aber die Barbara, die jüngst, steht vor dem krumma Fichtla und secht: »Du tust mir Leid, arms Ding. Dich nimmt bestimmt kee Mensch, und trotzdem stehst du so frech und lustig da, als wie wenn du dich aa noch freuerst über dei krumma Gstalt.«

»Nä, freu tu ich mich bestimmt net«, secht des Fichtla, »freu tu ich mich net, dass ich so eeschiftich gewachsen bin. Aber wenn ich ä traurigs Gsicht machert, dann wär's aa net besser. Ich hab halt scho allerhand mitgemacht.« Und des Bäumla erzählt der Barbara sei Missgeschicke. »Du, Barbara, es tut mir fei gut, dass du mich zur Kenntnis genumma hast. Dank schön.«

»Mama! Mama«, schreit die Barbara, »Geh mal her. Wolln mir net des Fichtla da nämm? So schlimm iss des doch gar net, dass net alla Äst dran sinn.«

»Bist du verrückt? Der Baam sieht ja verboten aus! Den müssert mer erscht ämal zurechtstutz und jede Menge Äst einsetz. Der hat ja alla Fehler!«

Aber die Barbara gibt net auf: »Jeder Baam hat doch än annern Mangel, und der will doch aa ämal mit Kerzli und Kügeli in än Wohnzimmer steh.«

Es Fichtla heult vor Rührung ä paar Harztröpfli: ›Ja‹, denkt des Bämmla, ›davo hab ich eigentlich geträumt, aber Hoffnung hab ich kenna mehr. Ich wer' wohl in än Kachelofm enden.‹

Jetzt wird die Mutter energisch: »Auf keinen Fall nämma mir den Krüppel. Der Vater wenn die Missgeburt sieht, der schmeißt na sofort naus.«

Sie suchng sich den relativ schönstn Baam raus, sie zahln än Haufm Geld, sie schleppm na hemm, und sie freun sich.

Die Barbara freut sich net, sie hat Mitleid mit dem Krüppela, und sie wünscht sich, dass vielleicht doch noch eener kummt und sich erbarmt. Sie hätt na sofort genumma, aus Gnad und Barmherzigkeit, wie mer so secht.

Es iss kenner kumma. Heuer net, nächsts Jahr net und die nächstn Jahre aa net. Aus dem Fichtla iss inzwischen ä großa Fichtn worn, zwar immer noch krumm, aber stolz und hoch naufgewachsn und schon von weitem sichtbar.

Die Barbara hat den Baam scho lang vergessn, bis sa eines Tages durch Zufall, als erwachsene Frau, an dera Christbaumkultur vorbei fährt, mitn Auto. Sie sieht die Fichtn und hält an.

»Na, wie geht's?«, frecht sa. »Erinnerst du dich noch an mich? Mir hamm uns doch vor Jahren kennagelernt, wie du noch fast ä Christbäumla worn wärst.«

»›Fast‹ iss gut«, schmunzelt die Fichtn, »aber Christbaam war nix für mich, da hab ich die Voraussetzunga net mitgebracht. Ich hab jetzt än annern Beruf, ja scho fast ä Berufung: Ich bin jetzt ein Überhälter.«

»Ä Übeltäter?«

»Nä, ä Überhälter!«

»Was iss denn des?«

»Des muss ich dir erklär. Ä Überhälter, des iss ä Baam, der wo notwendig iss für die nachgepflanzten, nachwachsenden klenna Christbaampflänzli, die wu noch in der Schul sinn, in der Baumschul. Mir sinn auf dem ganzn großn Feld mit Tausenden von klenna Schüler, kann mer sach, zu dritt als Lehrer, die drei Altn. Mir gäbm unner Erfahrung weiter, mir schützn sa vor Wind und Wetter, und unner Wurzeln haltn es Erdreich zamm. Schön sinn mir nix mehr, aber mir wissen, wie mer schö und ordentlich vor sich hi wächst, wie mer sich grad hält – und des sachng mir unnera klenna Schüler.«

»Ach, ich hätt's dir gegönnt, dass du aa ämal gschmückt mit Lametta und mit Kugeln und Kerzli in än warma Wohnzimmer gstanna wärst, und mir hättn gsunga und …«

»Halt, halt, halt! Was iss denn ee so ä Abend gecher des, was ich jetzt hab? Ich hab jetzt Vogelnestli auf meiner Zweig, lusticha bunta Vögeli und aa Eichhörnli hüpfm auf mir rum. Und wenn die Vögeli singa, so schö könnt ihr garantiert net zwitscher, net ämal am Heilichn Abend.«

»Da hasta recht. Na, du hast ja jetzt eine große Verantwortung und einen tollen Beruf. Gratuliere!«

Die Fichtn strahlt: »Ja, ich freu mich heut sogar, dass ich damals net so schö war. Mei Kameradn sinn alla scho längst verbrennt – Friede ihrer Asche –, aber ich bin immer noch nützlich, Gott sei Dank. Wie häßt's? Der Baum denkt, und Gott lenkt.«

Wie sa noch so redn mitänanner, kummt auf eemal ä groß Auto, es hält, und Männer springa raus mit Helme auf die Köpf und mit Motorsächng in der Hend. »Mit dem fang mer an«, kommandiert der ee und deut auf een von die drei Überhälter.

Die Barbara kriegt Angst um ihr Fichtn und frecht: »Gell, die müssn gfällt wer'?«

»Ja, die altn Bämm kumma jetzt raus aus dera Kultur, dass die junga Platz hamm.«

Die Barbara iss traurig: »Und wo kumma denn die hin?«

»Na, da wird Brennholz dervo gemacht. Bloß der ee iss verkäfft worn«, und der Moo deut auf der Barbara ihrn Freund. »Der kummt nei ä Fabrik.«

»Und was machng die aus na?«

»Moment ämal«, der Moo blättert in seiner Unterlagen, »der kummt zu die Firma ›Toilettenkultur Schneidawind – Spezialist für elegante Toilettenmöbel aus heimischen Hölzern‹. So, jetzt müss mer aber anfang.«

Die Barbara verabschied sich von ihrer Fichtn. »Mach's gut! Es iss net grad ä Karriere, aber hoffentlich wirsta kee Klodeckel – obwohl, des iss immer noch besser als wie verbrennt.«

Die Fichtn trägt's mit Fassung: »Na ja, also Klodeckel … Wie sachng die Leut? ›Da mechst was durch.‹ Des iss im wahrstn Sinn des Wortes Gschmacksach. Da wär ich scho lieber ä Spiechlschränkla.« Die Fichtn schüttelt es letza Mal traurig ihr Krona: »Und für so ä Laufbahn hat mer fei ämal die mittlere Reife gemacht!«

Halsschmuck

Ä junga Fraa hat vor Weihnachtn än älteren Moo verführt.
Und sie hat na gleich nei die Einkaufsstraß bugsiert.
»Ach, guck doch ämal, Schatz, so schöna Sachng gibt's hier.«
Sie kuschelt sich an na naa: »Guck, da iss sogar ä Juwelier.«
Sie streichelt na: »Guck, die goldena Ring, die Reifm und Kettn –
lauter Dinger, die wo schöna Frauen halt gern hättn.
Ich bin ja bescheiden, aber ich wünsch mir jedenfalls
aa so ä weng was Schöns für mein schlanken Hals.«
Sie hofft, dass er's jetzt auf sein Konto ämal krach lässt.
Er secht: »Na ja, ich will ämal seh, was sich mach lässt.«
Auf Weihnachtn kriegt sa ihr Päckla. Iss des ä goldena Kettn oder ä Reifm?
Es war tatsächlich äwas für ihrn Hals – es war ä Stück Seifm.

Verwandtschaftsbesuch

»Wemmer ner net himüssertn zu deiner Schwester, zu dera dumma Gans!
Die will uns doch bloß ihrn Christbaam zeig und vo Advent noch ihrn Kranz,
ihr teuera Gschenke und ihr übersauber geputztes Zimmer.
Und dann müss mer aa noch ihr alta Plätzli ess! Es wird alla Jahr schlimmer.
Und lach tut sa aa immer so! Es wird immer ärger mit dera Fraa.
Soll ich dir ämal äwas sag? Am liebsten bleibert ich an Weihnachtn da.
Ihr verzochena Kinner muss mer dann aa noch lob, mer derf net läster.
Fraa, müss mer denn wirklich hi zu deiner blödn Schwester?«

»Na ja«, secht die Fraa, »sie hat halt gsacht: ›Ihr könnt kumm.
Ich mach was Guts zu essn – aber ich reiß mich fei net drum.‹
Fast hab ich aus ihre Worte rausghört, sie fräert sich sogar,
wenn mir ämal ausnahmsweis net kummertn in dem Jahr.«

»Was? Die frääť sich, wemmer net kumma? Ja, spinnt denn die?
Also, wenn des so iss, dann gehen mir auf jeden Fall hi!«

Ä Krippmspiel

»Muss ich wirklich än Schäfer spiel? Ich war fei Elektromeister, Herr Verwalter.«

»Ja, früher! Aber des iss doch heutzutag wurscht. Zu än Krippenspiel ghörn Schäfer, und des iss für Sie ideal, weil Sie net so gut lauf könna, und dann sieht des mit dem Hirtenstab, wenn sie ä weng schnappm, wie echt aus.«

»Aber einen ›Drei König‹ hätt ich aa mach könn, Herr Verwalter. Ich war fei früher Elektromeister.«

»Mir brauchng kenn Elektromeister bei än Krippenspiel, mir brauchng Schäfer! Drei König hammera scho fümf.«

Der Verwalter vom Altersheim (des hässt jetzt eigentlich ›Betreutes Wohnen‹, mancha sachng aber aa ›Zerstreutes Wohnen‹, und ganz frecha sachng ›Bereutes Wohnen‹), also der Verwalter verliert jetzt langsam die Geduld. Zuerst war er von der Idee begeistert, dass die altn Leut aktiv beschäftigt wern, dass sa Rolln lern müssn, und dass sa ä Krippenspiel aufführn – da wird des Hirn trainiert. Aber jetzt sieht er, dass sa fei ganz schö störrisch sei könna, sei Senioren.

Eena von die Insassen, die Emma, hat sogar vorgschlachng, dass der Emil den Kaspar aus dem Morgenland mach könnt, »weil er so ä schön braungebrennts Gsicht hat«.

Aber des Gsicht iss mehr blaurot und kummt vom Emil sein ehemaligen alkoholischen Lebenswandel. Außerdem höckt er im Rollstuhl.

»Des mecht doch nix«, hat die Emma gemeent. »Vielleicht kann mer mit ä paar Lattn und mit beeschn Stoff ä Kamel draus mach, wie wenn der Emil als Kasper auf än Kamel sitzert.«

Da hamm sa aber dann doch als Kaspar aus dem Morgenland lieber die Gerda genumma.

Die Gerda als Kaspar? Des muss jetzt erklärt wer'. Jeder Christ wäß ja, dass ä echtes Krippenspiel aus fast lauter männlicha Rolln besteht, aber grad in einer Seniorenresidenz iss es mit Männer, wie mer wäß, schlecht bestellt. Es sinn viel mehr reife Frauen da als wie brauchbara Männer, aber ner bloß ä eenzicha wirklich weiblicha Rolln – und des iss die Heilige Maria. (Die Engeli sinn ja, wie mer wäß, geschlechtslos.)

Die Emma spielt also die Heilige Maria. Sie muss ihr starka Brilln runtertu, weil im Neuen Testament wirklich nirgends eine Gottesmutter mit Brille erwähnt wird. »Mecht nix«, secht sa, »ich seh ohne Brilln aa.« Sie sieht zwar, des stimmt – aber sie sieht ner bloß Umrisse und Farben. Den Heiligen Josef spielt der Verwalter selber. Er iss fast ä weng jung derfür; er muss sich än Bart ankleb. Sie hättn zwar een ghabt mit än Bart, aber der kann sich kenn Text mehr merk. Der wär imstand und erzählert vom Russlandfeldzug.

Mer sieht, es iss fei gar net so leicht, ä Krippenspiel im Altersheim aufzuführen. Mit die Engel hat's aa Probleme gääm. Een Engel hamm sa gleich ghabt. Die Elsa hat sich sofort gemeld und die Flügel anprobiert. Sie hamm gepasst, obwohl die Elsa in ihrm Lääm fei gar kee Engela war: von wechng gschlechtlos – net ämal annähernd! Eher war sa ä Vögela, wenn net gar ä ganz scharfs Teifela. Sie hat ä Café ghabt, und bei ihr iss es zuganga wie im Taubenschlag. Mit Flügel kennt sa sich also aus, vielleicht weil sa damals mehr mit Vögeli zu tun ghabt hat als wie mit Engel. – Mir wolln barmherzig sei, der Mensch kann sich im Alter wandel.

Die Rolln sinn verteilt, jetzt wird geprobt. Im erschtn Akt läfft's scho ganz gut. Die Herbergssuche klappt, scho weil der Wirt – er wird von der Müllers Anna gspielt – sein Text hinter der Tür angeklebt hat. Die

Anna mecht den Wirt deshalb, weil kein einziger spielfähiger Moo mehr aufzutreiben war im ganzen Heim. Aber des geht scho, weil die Anna vo alla Weiber im Haus die tiefsta Stimm hat.

Der Ochs und der Esel, gspielt von der Marri und der Lisbeth, die hamm die leichtesten Rolln. Sie müssen ner bloß »muh!« und »i-a!« schrei, und zwar immer dann, wenn die Schauspieler hängableibm. Die Marri, die wo »muh!« schrei muss, iss aber scho sehr vergesslich, drum hat sa sich des Wort ›muh‹ aufschreib lass und mit än Reißnägela an den Querbalken von der Krippm festgemacht. Net dass sa aus Versehen »miau!« schreit. Sie kann sich vielleicht nix mehr merk, waffer Tier dass sa iss. Die Kostüme sinn verteilt worn. Die zwä Schäfer hamm Kittel aus alta Säck kriegt, än grüna und än graua; der Melchior – die Paula hat na gspielt – flott als König än rotn Bolero und än Fez auf ihrn Ölles; der Balthasar – die Olga – sogar hochherrschaftliches Silberlamé; und aa der Kaspar aus dem Morgenland – die Gerda, kohlrabenschwarz mit Schuhcreme angschmiert – hat ä guta Figur gemacht.

Alles iss bereit. Der Bürgermäster, der Pfarrer und die Caritas-Direktorin höckng als Ehrengäste im Speisesaal. Sie freun sich jetzt scho; so ä Krippenspiel in än Altersheim kann ja net so lang dauer. Sie hamm ganz annersch Zeug im Kopf, die Prominenta, als wie ä Weihnachtsfeier, aber sie kumma doch. Nächsts Jahr iss Wahl, und die alta Leut hamm aa alla ä Stimm zum Ankreuzen.

Der Johannes – früher hat der sogar Violinunterricht gääm – kriegt es Zeichen, dass er auf seiner Geige eine Ouvertüre spielt. Dummerweis hat er sei Noten total verblättert, und statt, wie's na ghässn worn iss, ›Macht hoch die Tür …‹ zu spieln, spielt er jetzt in sein Lampenfieber sei Lieblingslied ›Komm, lieber Mai, und mache die Bäume wieder grün‹.

Es Spiel geht an, und die Herbergssuche geht wie am Schnürla. Es eenzicha Malheur im erschtn Akt iss, dass die Marri ämal »muh!« neigschria hat, weil sa grad ihrn Zettel am Balken wiederentdeckt hat.

Aber die Müllers Anna, der Herbergsvater, hat geistesgegenwärtig improvisiert und nach hinten gschria: »Holt än Tierarzt, ich gläb, unner Kuh kalbt.« Er hat die Situation gerett.

Jetzt geht der Hauptteil an. Die Heilige Maria seufzt: »Josef, geh mit mir ins Heu.« Dass sa net gsacht hat, wie's ausgemacht war, »... mit mir in den Stall«, des war es Schlimmsta net. Aber dass sa statts den Heiligen Josef den Wirt ganz liebevoll nein Arm nimmt und ihn mit fortzerrt ... Wie gsacht, ohne Brilln sicht die Emma fast nix.

Die zwä Hirten stehn aufgeregt in den Kulissen. Gleich kommt ihr Auftritt. »Hoffentlich bleib ich net häng«, jammert der Schorsch, und der Alfons secht: »Ich hab mir mei drei Sätz aufgschriebm und nei mein Kittel gsteckt, genauso wie des der Melchior aa gemachta hat, der vo die drei König. Der hat des genauso gemacht, da kann nix passier.«

Jetzt muss aber rasch angezochng wer'. Schnell, schnell, schnell! Die Kostüme hänga alla an än Garderobenständer, und hastig maskiern sich die Hirten. Unglücklicherweis hat jetzt der graue Hirte, weil's so pressiert hat, än Melchior sein rotn Bolero an. Die Elsa, der Engel, schwebt auf die Hirten zu, und jetzt müssert der virtuose Johannes eigentlich geig ›Kommet, ihr Hirten‹, aber er hat's vergessen. Net dass er drankommt hat er vergessen, aber waffer Lied, das er spiel soll, wäß er nix mehr.

Der Heilige Josef, der Verwalter und Regisseur also, zischt zwischer die zammgepressta Zähn durch: »Kommet! Kommet!«

Aber der Alleinunterhalter versteht ner bloß »Komm?«

Ganz verzweifelt spielt er halt noch ämal sei Lieblingslied: ›Komm, lieber Mai, und mache die Bäume wieder grün‹.

Jetzt hört mer den Engel: »Siehe, ich verkünde euch eine große Freude …«

»Ich sehe«, fängt dann der Hirte, der Alfons an, »ich sehe ein Sternenlicht.« Und weiter hätt er sag müss: »Simon, siehst du es auch?« Aber der Satz fällt na eefach net ei. Jetzt hätt er doch den Simon, also den Schorsch, ansprech müss. Da secht er stattdessen auf Haßfurterisch: »Schorsch, was sechst jetzt du da derzu?«

Der Schorsch bleibt stumm, er wart auf sei Stichwort »Siehst du es auch?«.

Vom Esel kommt jetzt ein schrilles »i-a!« und vom Verwalter als Heilicher Josef und Souffleur ein zornig gezischtes »Ein Licht, ein Licht, ich sehe ein Licht!«

Aber der Schorsch bleibt stumm.

Stattdessen ertönt jetzt ner bloß ein überlautes »muh!« von der Marri.

Ihr »muh!« war entschieden zu laut. Sie hat den Herrn Pfarrer aufgeweckt, der wo grad sein Rorate-Schlaf nachgholt hat. Und aa der Herr Bürgermeister iss aus seiner abschweifenden Wahlkampf-Gedanken gerissen worn.

Genervt langt jetzt der Schorsch als Schäfer nei sein königliches Täschla und zieht – natürlich aus dem falschen Kittel – den falschen Zettel raus. Er liest als Schäfer (des mus mer sich ämal vorstell: als Schäfer!): »Mir sinn die Heiligen Drei König …«

Er muss lach. Na, den Text kennt er doch noch vo früher, da braucht er doch kenn Zettel. Die Erinnerunga an früher sinn halt bei die alta Leut viel lebendiger als wie die Texte, wie wu sa erscht vor ä paar Tag gelernt hamm.

Und statt weiterhin zu sagen: »… wir kommen aus dem Orient mit kostbaren Gaben …«, schmettert er strahlend, so wie er's von früher als Bua gewöhnt war: »Mir sinn die Heiligen Drei König, gebt uns nicht zu wenig, lasst uns nicht zu lange stehn, wir wolln noch ein Häuschen weiter gehn.« Und dann hängt er noch hin: »Lieber Bruder, komm herein, wir wollen alle beisammen sein.«

Beim Stichwort ›Drei König‹ hat der Johannes auf seiner Geige, wie ausgemacht, aber halt viel zu bal, ä alta Königshymne angstimmt. Aber statt vom König Salomon oder än annern altn König entscheidet er sich für ä modernere Version und spielt ›Gott erhalte Franz den Kaiser …‹

Der Verwalter sieht, dass sei Krippmspiel total ausn Ruder läfft. Er lässt den Vorhang runter und tritt vor sei Publikum. Mitten nei sei gestammelta Entschuldigunga hört mer noch ä letztes, verzweifeltes »muh!«.

Die Ehrengäste wachen auf und patschn lang und laut. Sie sinn erleichtert, dass des Spiel net so lang gedauert hat. Sie hamm die Pannen gar net mitkriegt und denkng, die Geburt Christi wär jetzt rum.

Die Caritas-Direktorin lobt die Schauspieler.

Der Herr Pfarrer secht: »Herrliches Stück! Und so inbrünstig gspielt!«

Und der Bürgermäster klopft alla auf die Schultern und lügt: »Fernsehreif!«

Jetzt müssn die Honoratioren weiter. Sie müssn nein Kindergarten, da wird heut um fümfa ebenfalls ä Krippenspiel aufgführt.

Plätzli?

Der Joffer war ein Frecker, ein Frauenheld, ein Schlack,
aber er war aa häuslich, hat gekocht und konnt sogar Plätzli back.
Sei Fraa war oft sauer, aber sie hat na immer wieder verziehn.
Was machert sa denn vor Weihnachtn, ohne Plätzli, also ohne ihn?
Was er aber jetzt gemacht hat bei sein Verein, und zwar als Nikolaus,
des haut aber jetzt endgültig dem Fass den Boden naus.
Scho als Bischof angezochng hat er ä Fraa geknutscht hinter der Tür, im Stehn.
Also, so was, als frommer heilicher Nikolaus – und sei Fraa, die hat's gsehn.
Derhemm hat's dann Stunk gäbm. Sei Fraa, die brüllt, und sie tobt.
Er will Frieden – und er denkt: ›Sie hat doch immer mei Plätzli so gelobt…‹
»Mäusla, was soll ich dir denn back?«, frecht ganz unschuldig, der Joffer. –
»Wäßt was?«, schreit sei Fraa. »Am bestn iss, du packst jetzt dei Koffer!«

Der Christbaam

»Woll mer wirklich so strümpfert die Weihnachtstage verbring, so ganz ohne Christbaam? Aa auf ä Schihüttn können doch ä weng weihnachtlicha Stimmung nix schad, oder?«

Eigentlich hat er recht, der Georg. Gleich am erstn Feiertag sinn sa losgfahrn, und jetzt höckng sa zünftig auf ihrer gepachtetn Schihüttn. Schnee iss da, die Schi hamm sa derbei, und Glühwein hamm sa aa, aber es fehln era der Baam und die Lichtli.

Die annera sinn zwar aa für än Baam, aber: »Wo soll mer denn in dem tief verschneitn Land än Baam herbring?«

»Jetzt, nach Weihnachtn, verkäfft uns doch kenner mehr än Baam! Die haltn uns ja für blöd!«

Der Heinz secht: »Wie mer hergfahrn sinn, war's noch so hell, da hab ich gsehn, dass da homm aa Fichtn und Tanna wachsn. Da könnert mer doch …«

»Du spinnst! Willst du da homm im mondäna Schigebiet än Baam klau?«

Die Diskussion geht hin und her – mit dem Ergebnis, dass der Heinz und der Georg am nächstn Früh es klenna Beila vo die Holzleg vo die Schihüttn nehma und losstapfm. Sie laffm schräg den Schihang nauf und dann obm rüber. Sie wolln möglichst wenig Löcher mit ihrer Schuh nei die Abfahrt mach. Da obm stehn wirklich seitlich ä paar Fichtli; sie müssn vom Weg abseits zirka hunnert Meter zu dera Fichtnschonung nüberstapf durchng tiefm Schnee.

»Den da, den könna mir nehm«, secht der Heinz. »Aber mir wissen ja gar net, wie hoch da homm der Schnee liecht. Ämend köpf mer den Baam ner bloß, und des sicht dann im Sommer saublöd aus.«

»Im Sommer«, lacht der Georg, »da sinn mir net da, und die Touristn meena, des wär ä Windstoß gewesn.«

»Genau«, langt sich der Heinz na sein Hirn, »ä Windstoß hat na sauber mit än Beil abghackt. So sichst du aus!«

Sie wolln aber net lang rum mach und murksn des Fichtla ab. Es iss gar net so übel und hat ungfähr än Meter fuchzich. So, jetzt geht's wieder zurück, hemmzuus.

Der Heinz hebt es Fichtla in die Höh und betracht's.

»Vorsicht«, schreit da der Georg, »da kumma Leut!« Mer gläbt's net, dass in aller Herrgottsfrüh aa noch annera Leut da homm rumlaffm. »Was mach mer denn?«

»Ich wäß aa net. Schmeiß na weg, wie wenn er uns nix angingert.«

»Des geht doch net, der iss doch frisch gschlachng.«

»Na, versteckl na hinter dein Buckl.«

Die Leut kumma näher. Ä Moo und ä Fraa und ä klenns Mädla.

»Grüß Gott«, der Georg geht dena Leut entgegen und stellt sich ganz unschuldig – und er stellt sich vor allem mit bräter Brust vor sein Kamerad, »aa scho ä weng unterwegs in aller Früh?«

Der Moo strahlt: »Jetzt früh iss doch die Luft am allerbestn.«

Der Georg guckt nachng Heinz, ob der aa sein Baam gut verstecklt hat – es iss kee Baam mehr da.

»Guckt ämal! Papa! Mama! Da steht ja so ä Fichtla, genau nebern Weg iss es gewachsen. Da könn mer jetzt endlich ä paar Zweig abschneid. Papa, geb mer ämal dei Taschemesser.«

Perfekt getarnt hat der Heinz des geklauta Bämmla, so wie natürlich gewachsn, nein Schnee gedrückt. Aber jetzt mecht sich es Mädla über die Schönheit vo dem Diebesgut her.

Der Georg will rett, was zu rettn iss: »Die Förster spritzn fei Gift na die Bämm, dass sich kenner dran vergreift.«

Der Moo lacht: »Des stimmt doch gar net! Des sachng die doch ner bloß, dass kenner än Baam klaut.«

Es Mädla hat sein Strauß, die Leut gehn weiter, und es Fichtla sieht aus wie nach än Wirbelsturm.

»Pass auf, da kummt scho wieder eener!« Der Georg sieht mit Schrecken, dass ägrad der Jäger kummt mit Gewehr und Rucksack.

»Grüß Gott, Herr Oberförster.«

»Grüß Gott! Na, ihr seid aber zeitig auf die Läuf.«

»Ja, mir woll heut früh ämal ganz ohne Schi, ner bloß Natur ...«

»So, so, aber gehn Sa mir fei jaa net nei die Fichtnkulturn. Langt scho, dass die blödn Schilangläufer immer durchfahrn. Die Bergfichtn sinn fei streng gschützt. Vorigs Jahr iss eener beim Christbaamklaun erwischt worn und hat 1000 Euro Straf gezahlt.«

Der Heinz wird käsweiß und stottert: »Sie wern doch net denkng, dass mir ehrlicha Frankng hier än Christbaam klaun. Also, mir doch net! Mir stelln höchstens noch een derzu.«

Der Jäger mecht ä Fingerla: »Des will ich aa hoffm. Die Bämm da homm brauchng sowieso arg lang, bis sa was wern. Na, da steht ja aa eener, also der iss mir an dera Stell bis jetzt noch nie aufgfalln.« Der Jäger deut auf den geklautn und hinterrücks nein Schnee gstecktn Baam. »Na ja«, lacht er, »den Krüppel nimmt sowieso kee Mensch, wie der jetzt scho aussieht. Den möchert ich net gschenkt.«

Der Jäger geht weiter, und die zwä bleibm mit langa Gsichter noch ä weng stehn, wie wenn sa die Gegend betrachtertn.

»Na ja«, der Heinz ziecht es Fichtla ausn Schnee, und es kumma na fast die Träna. »Mädla, Mädla«, jammert er des Bämmla an, »so schnell geht's im Läbm. Du hast dei ganza Schönheit eigebüßt.«

Zu dem Wäldla noch ämal nauf, um än annern Baam

zu holn, könna sa jetzt nix mehr, da iss jetzt scho zu viel Betrieb.

»Vorsicht, es kummt scho wieder eener!«

Der Heinz steckt sei Fichtla wieder nein Schnee. Weit sinn sa nu net kumma. Ä Moo kummt mit sein Schäferhund. »Iss des net herrlich da homm, jetzt früh bei Sonnenaufgang? Gell? Sie genießn des aa.«

Der Georg nickt und bestätigt: »Ja, wunderbar, des Gebirgspanorama und der ewig blaue Himmel.«

Der Heinz secht nix. Er guckt den Köter an, kann's aber leider net verhinder, dass der Freckers Schäferhund es Fichtla gfunna hat und jetzt genau da, wo er, der Heinz, später des schöna Lametta hihäng will, sei blöds Bee hebt und den designierten Christbaam mit sein Hunde-Urin anstrahlt.

Der Moo freut sich: »So, mei Hasso hat sich jetzt aa erleichtert, da könn mer ja wieder hemm. Hasso, willst net aa noch dei Häufla mach?«

Der Georg wehrt ab: »Des iss vielleicht kee so ä guta Idee. Net dass die Fichtnnadeln den gutn Hasso nei sein Poppes stechng.«

»Ach, des mecht mein Hund nix, er hat kee so än verwöhntn Orsch.«

Aber der Hasso will jetzt kee Häufla mach, also gehen sa weiter.

Der Heinz zieht es Fichtla wieder ausn Schnee. Er hält's ganz obm am Spitzla, wo der Hasso net hinkumma iss mit sein Strahlrohr.

Sie gehn weiter, aber nach ä par Minutn kumma scho wieder Leut: zwä Mädli.

»Na, geht ihr aa spaziern?«

Es Fichtla steckt scho wieder malerisch zwä Meter nebern Weg im Schnee.

»Ja, mir brauchng ämal ä weng frischa Luft.«

»Gell, ihr habt gestern abend ä weng gfeiert, hä? Aprä-Schi, hä?«

»Ja, ä weng.«

Der Georg hofft, dass die zwä Weibsleut weitergehn, aber die wolln red. »Wohnt ihr aa da untn?«

Dummerweis secht der Heinz: »Ja, da untn in dera Hüttn.«

»Na, dann hamm mir ja den gleichng Weg, da könn mer doch mitänanner nunter. Zu, mir hengeln ä weng ei, dass kenner hiebollert.«

Abhackt, zerrupft, angepinkelt und jetzt aa noch einsam und verlassn steht des klenna Fichtla obm auf der Höh, und es laffm ihm die Träna aus Hundepisse am Stämmla nunter. Ä herber Schicksalsschlag für so ä jungs Fichtla. Vielleicht war's aber aa ner bloß die Spitzn vo än altn Baam.

Die vier junga Leut laffm mehr oder weniger freiwillig Arm in Arm nunter nein Talboden, wo die Hüttn stehn. Abends, wie der Betrieb vo die Schifahrer vorbei iss, schleicht sich der Heinz noch ämal naufm Berg, um sei Fichtla zu bergen, mit dicka Schihenschi.

Wie des Weihnachtsbäumla nein Ständer gstellt wer' hat soll, helfm all zamm, die Schiurlauber, dass er aa schö grad steht. Bloß der Heinz und der Georg müssn zufällig alla zwä aufs Klo.

So, jetzt soll er gschmückt wer, der Christbaam. Wie aus een Mund sachng der Heinz und der Georg zu die annera: »Hängt ihr den Baam an, mir waschn inzwischn unner Hend und richtn es Abendessn. Des muss ja aa eener mach.«

Straßenmusikanten

Die Irene iss sauer: »So, du hast also kee Lust mehr, mit mir eizukäffm. Für was hab ich dich denn derbei? Wenn ich mir äwas zum Anziehn käff muss, musst du doch sag, ob …«

Der Rainer raunzt: »Ich versteh doch nix dervo.«

»So! Iss es dir wurscht, wie ich ausseh? Für wen mach ich denn des alles? Für dich!«

»Für mich tun dei alta Kläder aa gut.«

Der Rainer iss sparsam und müd. Drei Stund sinn sa jetzt scho in Würzburg rumghaatscht wecher een eenzichng warma Jäckla.

»So, dass des wäßt: Mir trenna uns! Auf zwä Stund.«

Der Rainer strahlt: »Und wo treff mer uns dann wieder?«

»Da am Eck, da wo's zum Marktplatz geht. Blasiusgasse. Merk der's.«

Der Rainer jubelt: »Also, in zwä Stund. Mach's gut, mei Mäusla.« Er iss frei, für zwä Stund frei! Er hat Freigang.

Er prägt sich des Eck ei. Weiter hintn geht der Christkindlesmarkt an. Mer sieht scho ä paar Stänď vo weitem, aber da am Eck, da iss net viel los. Da kann mer sei Fraa net verfehl. Statt dauernd in Bekleidungsgschäfte hinterherzudackeln, läfft der Rainer lieber jetzt mit festem Schritt auf dena Gschäfte zu, die wo ihm besser gfalln. Da im Gässla: ä Gschäft mit Messer – vo die klennstn Taschemesserli bis zu die größtn Knicker, Säbel, Dölch, Machetn – alles, mit und ohne Korkngzieher. Stundenlang könnert er nei den Schaufenster guck, obwohl: Messer hat er scho zwölf Stück derhemm. Fast alla mit Korkngzieher.

Es geht na wie seiner Fraa, die hat aa scho mindestens fuchza Jäckli derhemm im Schrank, aber nix zum Anziehn. Jestix Gott, sei Fraa! Die zwä Stund sinn ja fast rum vor lauter Messer! Stramm läfft er jetzt auf des Blasius-Eck zu, wenigstens er will pünktlich sei. Jetzt sinn mehr Leut dort.

Sogar ä klenna Musikgruppm hat sich niedergelassn bei dem kalten Wetter. Sie hamm än Hund derbei, der liegt auf än Deckla nebern Hut, wo die Leut was neischmeiß könna.

Wo ner sei Fraa bleibt? Eigentlich müssert sa ja scho da sei. Sei Aaachng durchkämma die Zuhörer. Waffer Kläder hat sa wieder an? Er wäß es net. Wer guckt aa scho als verheierter Moo sei eichena Fraa an?

Jetzt fanga sa an zu spieln. Ä Geiger und eener mit ä Ziehharmonika. Dummerweis muss der Rainer neber die Musikantn stehnbleib, weil er genau da sei Irene treff will … oder mehr soll … oder vielmehr muss. Sie spieln net schlecht, die zwä: lauter russischa Lieder – die müssn aus Rusland sei. Sie sehn ja aa scho so russisch aus mit ihrer Pelzkappm.

Mancha Leut schmeißn was nein Hut, mancha Leut bleibm stehn. Der Rainer steht scho seit zehn Minutn da und summt mit: »… Kalinka, Kalinka, Kalinka moja …«

Wie es Lied aus iss, secht der ee Russ zum Rainer: »Du singen mit, aber geben nix djengi. Was iss?«

Der Rainer läfft rot an und stottert: »Ich nix sing, ich wart auf Fraa.«

»Aha, towarisch, fur Fraulein du haben Geld, fur Musik nix haben?«

»Ich nix kaufen Frau, ich haben eena selber, ich müssen treffen hier – Rendezvous!«

Da wird der Russ mit der Geichng wütend und schreit: »Du njegodnik! Musik genieß, aber nitschewo geben Geld!«

Es iss dem Rainer äußerst peinlich. Die Leut bleibm scho stehn und schüttln ihr Köpf.

Jetzt spiel sa wieder ä Lied, eens vo die Donkosaken. Ob er will oder net, der Rainer summt heimlich mit. Er dreht sein Kopf wegwärts vo die Musiker, dass mer's net sieht, aber der ee schreit scho wieder: »Du immer noch mitsing russkaja musika, aber nix Euro!«

Da fällt's dem Rainer ei, dass er noch zehn Cent hat vom Parken, und er schmeißt des Münzla nein Hut. Der Hund sieht die zehn Cent und knurrt na bös an.

Da guckt der mit seiner Ziehharmonika und bläckt: »Du schämen nix sich! Zehn Cent! Du Geizkrag! Djesjat Tsjentow – das peanuts! Russkij Musikant nix Geld, aber so viele Kind und Weiber. Nix Schnitzel, nix Wodka.«

Wenn ner endlich die Irene kummert! Jetzt spieln sa ›Katjuscha‹, und die Leut klatschn begeistert den Rhythmus mit. Dass er net auffällt, muss der Rainer aa mitklatsch.

Da lacht auf eemal der ee Russ und secht zum Rainer: »Du barabantschik, Trummbumm in rjuksak, Trommjel«, und holt aus sein Rucksack ä alta Trommel raus. Die Leut patschn, und ab jetzt muss der Rainer trommel, was es Zeuch hält.

Des mecht er gar net so schlecht. Der mit die Ziehharmonika, der sowieso aussieht wie der Rasputin, zieht jetzt sei Fellkappm runter – jetzt sicht der Rasputin aus wie der Pater Anselm Grün –, und er schreit: »Schljapa!«, und höckt sei Pelzmützn dem Rainer auf sein halber nackertn Kopf. Jetzt sicht der Rainer aus wie ä echter Donkosak.

Der Rainer ghört jetzt scho richtig zu die Kapelln und wird aufs nächsta Lied eigewiesn. »Du schreien dann Ende, na konjets: Kasatschok! Ponimajesch?«

Des muss mer ja versteh, des Wort ›Kasatschok‹ kennt er noch vo seiner Jugend, und er will ja, wenn er scho kee Geld hat, dena Musikantn aushelf. Scheints fällt era nix mehr ei, sie spieln jetzt scho wieder ihr alts ›Kalinka‹, und am Schluss brüllt der Rainer im Rhythmus, so wies ausgemacht war: » ...Kalinka moja Kasatschok!«

Einer Haufm Leut stehn jetzt scho da am Blasius-Eck, und alla patschn im Takt mit, und alla schrein immer wieder »Kasatschok!«.

Die Irene iss immer nu net da.

Und ä klenns Kind frecht sei Mama: »Warum sinn denn des jetzt auf eemal drei? Vorhin warn's era ner bloß zwä.«

»Des sinn drei arma Russn, Kind, die hamm nix zu essn. Da, geh hin und schmeiß era än Euro nein Hut.«

Es Kind schmeißt sein Euro, und der Rainer secht: »Dank schöa!«

»Mama, Mama, der ee Russ kann sogar ä bissla fränkisch!«

Scho wieder kummt ä neus Lied dran, und der Rainer hat sich eigelebt. Er frät sich jetzt scho auf sein »Kasatschok!« am Schluss.

Auf eemal kummt die Irene und guckt sich suchend nach ihrn Rainer um. Überall sucht sa na, bloß natürlich net bei die Musikantn. Was hat sa na wieder angezochng, heut früh? Ach so, ja. Sei rots Hemd, sei warma schwarza Jackng und die brauna Cordhosn.

Die drei Russn spieln mit einer Leidenschaft, und sie singa mit ihrer Pelzkappm auf die Köpf von der endlosen Weite der russischen Taiga, verdrehn derbei ihr Aachng, und am Schluss kummt jetzt gleich »Kasatschok!«

Da plötzlich entdeckt der Rainer sei Fraa, mitsamt ihrer Verspätung und die Hend voll Tütn und Päckli mittn in die Leut. Er will schrei aber jetzt kummt erscht sei Schluss vom Lied. Er müssert genau jetzt eigentlich noch ämal sei »Kasatschok!« bring, aber er kummt durchänanner und schreit vor lauter Angst und Aufregung statt auf russisch »Kasatschok!« irrtümlich auf spanisch: »Cha, cha, cha! Olé!« Und dann winkt er und ruft laut und deutlich, aber scho russisch infiltriert: »Irina, ich bin fei da!«

Die Irene iss fix und fertig, dass era ä Russ »Irina!« nachschreit und dass er auf fränkisch »ich bin fei da« sag kann. Ihr Rainer kann des ja net sei mit der schapka aufm Kopf, aber – halt ämal: die brauna Cordhosn, die kennt sa doch, die hat sa na doch heut früh helf angezochng mit sein Ischias.

»Rainer! Geh sofort hierher. Was fällt denn dir ei mit dera altn verlaustn Kappm?!«

»Ich kann nix derzu«, jammert der Rainer, »du warst net pünktlich.«

Es Publikum wird unruhig: »Des iss ja gar kee Russ! Des iss ja ä Deutscher! So ein Betrüger!« Sie wern immer lauter: »So ein Gauner! Spielt hier den Russ und zieht uns es Geld aus der Tasch mit sein blödn Kasatschok!«

Bei dem Wort ›Gauner‹ kummt ä Schandarm, der wo grad in der Näh patrouilliert hat, und schreit laut mit Befehlston: »Hände hoch! Wer iss hier ä Gauner?«

»Der da«, sachng die Leut, »er hat getrummlt und iss gar kee Russ!«

»Wo haben Sie ihre Lizenz, dass Sie hier Musik machen dürfen?«

Die zwä Russn zeichng ihr Lizenzn, aber der Rainer hat kenna. Der Schandarm packt na an sein Arm, er hat kee Handschelln derbei. Aufm Weihnachtsmarkt braucht mer sa normal net. »So, Sie kommen jetzt mit auf die Wache. Ich muss Anzeige erstatten.«

»Kumm mer ner hemm«, bläckt die Irina dem Rainer nach, der grad abgführt wird, »kumm mer ner hemm! Da hasta nix zu lachng!«

Die Leut klatschen Beifall, der Schandarm hat sei Pflicht getan, die zwä Russn spieln scho wieder ›Kalinka‹, und der Rainer seufzt ganz zerknirscht: »Prost Mahlzeit! Sa starowje! Kasatschok! Cha, cha, cha!«

Wer lügt'n an Weihnachtn?

Vor den heiligen Weihnachtstagen
gibt's Leut, die net immer die Wahrheit sagen.
Scho beim Nikolaus geht's an, den mecht heuer die Tante Lena:
»Ich bin der Heilige Nikolaus, und wennst lachst, schmier ich dir eena!«
Es wern den Kinnern auch heilicha Lügen weisgemacht,
zum Beispiel: »Den Computer, den hat des Christkind gebracht.«
Aa bei ä zäha Gans im Gschäft, dass ner so mancher des gläbt:
»Des iss ä frischa fränkischa Gans, die hat gestern noch gelebt.«
Am merschtn aber werd bei die Christbämm gelochng,
wenn die Händler behauptn: »Der Baam? Vor zwä Stund frisch gschlachng!«

Der Heilige Nikolaus sitzt auf der Queen Victoria

Der Klaus iss ä ganz normaler älterer Moo. Er hat sei Frührentn, sein Gartn und sei Fraa. Alla Leut hamm sich scho immer gern mit na unterhalten, weil er aa immer hilfsbereit iss und guta Ratschläg gibt.

Heut kummt sei Freund Franz – der iss noch in der Ärbet –, also der Franz kummt zu na und secht: »Du, Klaus, ich bräuchert dich ämal.«

Der Klaus lacht und secht aa sofort: »Wenn du mich brauchst, bin ich doch immer für dich da. Des wäßt da doch, oder? Was brauchsta denn?« Es iss leichtsinnig vom Klaus, so gönnerhaft zu reden; er wäß doch noch gar net, was der Franz mit na vorhat.

Jetzt rückt der Franz mit sein Anliegen raus: »Mei Chef bräuchert für sei Kinner än Nikolaus und än Knecht Rupprecht, und ich bin doch ner bloß eener ällee.«

Jetzt erschrickt der Klaus aber doch. So was hat er noch nie gemacht. Er wehrt sich.: »Du, Franz, des kann ich net. In mein ganzn Läbm hab ich noch nie bei än Theater mitgspielt oder mich maskiert. Alles mach ich, aber än Nikolaus? Findst du da kenn annern?«

»Nä, ich hab scho ä paar gfrecht. Und weil doch der Heilige Nikolaus sowieso ä älterer Moo iss und du doch scho Klaus häßt. Und än Bart hasta aa scho …«

»Aber ich kann doch die Kinner net fürchet mach oder gar rumhau!«

»Des mach scho ich. Ich mach den Knecht Rupprecht, und du mechst den Heiligen Nikolaus. Es Bischofsgewand hab ich scho, und für mich muss ich bloß noch die Kettn, den Sack und die Besenrutn besorg.«

Die Schlacht war scho verlorn. Der Klaus hat in seiner Gutheit scho neunäneunzich Prozent zugsacht.

»Wer iss denn dei Chef eigentlich?«

»Na, des iss doch der Herr Direktor Pfister. Der hat zwä Töchter, die Sonja und die Marion, die sinn so um die sechs Jahr alt. Er hat mir nei än Buch dena ihr Sündn und Fehler scho aufgschriebm.«

Der Klaus überlegt: »Iss des net der Pfister von dera groẞa Fabrik? Bei sotta reicha Leut? Da blamier mer uns doch bloß.«

»Nä, des sinn ganz leschera Leut, die läbm ganz einfach.«

Der Klaus, als Heiliger Bischof Nikolaus mit Stab und goldenem Buch, und sei Knecht Rupprecht, mit vollem Sack, Kettn und än Glöckla, kumma bei dena leschera Leut, die so einfach läbm, an ein großes Eisengittertor. Es geht von selber auf und wieder zu. Es iss gespenstig dunkel, sie stehn in än Park mit Wiesn, Büsch und Bäum, und weiter hinten sehn sa die Lichter, die zur herrschaftlichen Villa führn.

Der Franz secht: »Mir müssn links dem Kiesweg nauf, und dann simmer scho da.«

Des warn die letzten Worte, die wu der Franz normal hat sach könn. Er wird unterbrochng von wütendem Hundegebell. Zwä blutrünstiga Bestien kumma durchng Garten direkt auf sa zugerennt, und dabei belln sa, dass mer meent, sie hättn än ganzn Tag nu nix zu fressn kriegt.

»Kampfhünd!«, schreit der Klaus

Und der Franz versteckIt sich hinter sein Freund und zittert: »Vielleicht belln sa ja ner bloß.«

Der Klaus gläbt des aber net und reißt sich vom Franz los, rennt aufm nächsten Baam zu und schwingt sich in Todesangst zwä, drei Äst hoch. Er war früher Geräteturner.

Da höckt er jetzt, der Heilige Nikolaus, in än Halbstamm der Queen-Victoria-Pflaume. Die Mitra, also die Bischofskappm, hat er verlorn beim Klettern, und eener vo die Kampfhünd beißt sa grad zamm. Der anner bellt den Heiligen vo untn rauf an. Der Bischof hockt schlotternd vor Angst, Gott sei Dank aber außer Reichweite von die scharfm Beißer. O weh, sei rots Gewand hängt verdächtig tief nunter. Der Baam schwankt hin und her.

Wie häßt's? Wahre Freundschaft soll nicht schwanken ... Deswecher ruft der Klaus jetzt nach sein Knecht Rupprecht: »Franz, bist du ok? Wo bist'n du?«

»Ich hock aa auf än Obstbaam, net weit vo dir.« Der Franz war auf än Birnbaam ghöckt, dem warn obm die Äst scho ä weng weit ausgschnittn. Er sitzt also auf der Gräfin von Paris ihrn Ausschnitt; aber was des für Weiber warn, war jetzt in der höchsten Lebensgefahr net so wichtig. Im Winter sichsta sowieso nix von die adeligen Obstsorten. Die Hauptsach iss, die Damen hamm schö ghaltn. Wie sa schmeckng, iss momentan wurscht.

Es Besta wär natürlich gewesen, der Franz hätt net geantwortet, denn jetzt hat na der Bischofsmützenbeißer entdeckt und bellt wütend zu na nauf.

Der Heilige Nikolaus geht jetzt zum ersten Mal in die Offensive. Er habt mit sein goldnen Bischofsstab auf sein Kampfhund und hofft, dass er na am Kopf trifft, so dass er verschwind. Aber nein, der Stab zerbricht. Der Köter nimmt den Angriff persönlich und bellt noch lauter.

»Franz, nehm dei Kettn! Du werst doch mit so än klenna Hündla fertig wern!«

Nach zwä Kettenschwinger knackt der Gräfin von Paris ihr Ästla, wo der Franz draufhockt, und der Knecht Rupprecht greift hilfesuchend der schönen Gräfin nei ihre oberen Astgabeln. Die Kettn hat er fall lass müss. Er hat schließlich die Gräfin net loslass könn, sonst wär er runterflochng. Jetzt schreit er voller Verzweiflung nüber zum Heiligen Nikolaus: »Mei

Kettn iss fort! Jetzt hab ich bloß noch mei Glockng und mein Sack, aber da hat er aa scho dernach gschnappt, der Frecker!«

Da kummt dem Klaus ä Idee: »Schmeiß doch dena Hünd ä paar vo deiner Lebkuchen aus dem Sack hi, vielleicht möchng sa sa.«

Der Knecht Rupprecht schmeißt ä paar von die guten Elisenlebkuchng nunter zu sein Terminator.

Der schnuppert kurz dran, wendet sich dann mit Grausen ab und bellt noch wütender nauf zu sein Opfer.

»Lebkuchng mag er kenna«, schreit der Franz und lässt dabei leichtsinnigerweis sein Sack ä weng tiefer bambl. Schnapp! hat na der Kampfhund scho, und es werd hin- und hergezerrt. Der Knecht Rupprecht gewinnt zwar den Kampf, aber der Sack iss freckt, und zwischer Brennnessel und Gänseblümli liechng die guta, süßa Sachng, wo die Kinner krieg hamm soll.

Jetzt erinnert sich der Heilige Nikolaus an eine weitere Waffe: Er hat ja noch des schwere goldena Buch. Damit wenn er den Kampfhund am Kopf treffert … Er nimmt sei ganza Kraft zamm und schmeißt des Buch auf den kläffenden Gegner sein Schädel. Der duckt sich wie ä Boxer, es Buch fliecht über na drüber, und jetzt verschwinden die braven Sündn von die zwä guta Mädli im Aktenvernichter, Marke Reißwolf.

»Franz«, schreit der Klaus von der Queen Victoria raus nüber zu die Gräfin von Paris, »Franz, wenn mir da wieder rauskumma, zahl ich drei Schoppen Wein!«

Der Franz antwortet postwendend und laut: »Und ich, ich zahl ä ganzes Fass!«

Des war ä Fehler. Des war ein großer Fehler! Des Wort ›Fass‹ hätt er net sag derf. Er hat net dran gedacht, dass des Wort ›Fass‹ ä Befehl iss für so än Hund. Wie der Franz ›Fass!‹ gschria hat, hat des dem Klaus sei Belagerer wörtlich genumma und iss so hoch gschprunga wie noch nie vorher und hat des herrliche rote Bischofsgewand mit sei weißa Pelzbesätzli gfasst und erwischt.

Ratsch! Der Heilige Nikolaus war halber demaskiert in der Queen Victoria ihrn Pflaumenbaam ghockt. Der Kostümverleih wird Aachng machng, wenn sa des Gewand zurückbringa.

Auf eemal hat mer Stimma ghört. Der Herr Direktor und sei Fraa hamm sich genähert. »Tarzan und Zorro, bei Fuß! Down!«

Von wegen down, die Frecker hamm weitergekläfft.

Der Franz hat gerufm: »Hier simmer, Herr Direktor.«

Jetzt hat der Direktor gelacht: »Ach, Sie sind's, die Nikoläus! Die Hünd machng nix, die wolln bloß spiel.«

Aber die zwä Kampfhunde spieln heut net, sie belln weiter; sie sinn ja aa heut mit Bischofsstab, Kettn und Lebkuchng beleidigt worn. Hünd, die wo belln, beißn net, häßt's zwar, aber trotzdem geht der Klaus net von sein Baam runter. Er hängt noch an sein Läbm, und er hängt an der Queen Victoria. Er richt sich auf eine kalte lange Nacht mit der englischen Königin ein.

Auf eemal hebn die Hünd ihr Köpf und hörn es Belln auf. Mer hört Kinderstimmen. Die Sonja und die Marion kumma, und die zwä starka Männer, die auf die adeligen Damen sitzen, müssen mit anseh, wie die zwä klenna, schwacha Kinnerli mit ihrer sechs Jahr einfach auf die Kampfhünd zugehn, diese umarma, ihnen es Maul einfach zuhaltn und mit era ganz ruhig ins Haus gehn. Die zwä Heiliga guckng sprachlos hinterher. Aus die Kampfhünd sinn Lämmli worn.

»So«, secht der Herr Direktor Pfister, »jetzt gehn Sie mit rein und trinkng erst ämal einen Schnaps auf den Schrecken. Vor die Hünd brauchng Sie jetzt kee Angst mehr zu hamm.«

»Angst?«, lacht jetzt der zerfetzte Heilige Nikolaus und hebt die Trümmer von sein Bischofsstab auf. »Angst hamm mir vor ihrer Hünd doch net ghabt.«

Und der Franz ergänzt: »Des hamm mir doch gleich gsehn: Die hamm doch bloß ä weng spiel woll.«

Nikolaus mit Verspätung

»Kummt der Nikolaus heuer wieder zu unnera Kinner?« –
»Na klar, mir nehma als Nikolaus wieder die Müllers, wie scho immer.« –
»Bei dena Müllern mecht doch er den Nikolaus – und sie aber aa.« –
»Na ja, sie hat ä tiefa Stimm – aber sie sinn immer ä weng zu spät draa.« –
»Er? Nä, sie kummt doch eher ä weng zu spät und schiebt's dann aufm Verkehr.«
»Ja, genau. Sie kummt eher ä weng später, aber dergecher er eher eher.«

Die Sitzheizung

Die Ursel dreht ihr Haar übers Bürschtla, und der Anton muss den Föhn draufhalt. Er hört es Kommando: »Ä weng näher hi, ich spür ja nix! Stell's ä weng häßer!«

»So?«

»Ja. – Halt, viel zu häß! Du verbrennst mer ja mei Hend!«

So geht des, wenn mer die paar lumperta Euro fürn Friseur spar will.

Die Ursel hat beizeit mitgeteilt: »Ohne gewaschena Haar geh ich net mit zu deiner blödn Weihnachtsfeier.«

Der Anton will aber aa net ällees hin, also muss er föhn. Sei Arm schläft na langsam ei, und sei Spreizfuß tut na weh. Plötzlich kriegt er einen Mordsschreck: »Hast du scho unner Gschenke eigepackt für die Tombola?«

»Heiliger Gott! Nä, net ämal rausgsucht sinn sa! Da hässt du aber aa ä weng eher dran denk könn.«

»Ich? Wieso ich?«

»Na, weil des dei blöder Fußballclub iss und dei blöda Weihnachtsfeier.«

Jeder muss ä Gschenk mitbring, und die Päckli kriechng dann Nummern. Es gibt Herren- und Damenpäckli. Dann wern die Nummern gezochng, und jeder kriegt sei Überraschung, sei angenehma, und ä jeds fräät sich, er oder sie hat äwas gschenkt kriegt, was sa gar net brauchng, aber es hat nix gekost.

»Mir brauchng ä Gschenk für än Moo und ä Gschenk für ä Fraa. Was nämma mir denn für än Moo?«

Der Anton kennt sich net so aus, was Gschenke betrifft: »Da hab ich in der Garasch noch ä Taschenmesser liechng, fast nicht gebraucht …«

»Nä, des geht net. Es muss neu sei.«

»Aber es muss ja nix Großes sei. – Da hamm mir

doch letza Wochng im Möbelhaus als Werbegschenk än Schokoladnikolaus gschenkt kriegt. Den könnertn mir doch nämm …«

»Nä, der hat doch nix gekost. Des iss doch kee richtigs Gschenk.«

»Des wäß doch kenns – obwohl, an sein Sack hat er fei scho ä Dalln in der Schokolad.«

»Des iss net so schlimm. Än gschenktn Nikolaus guckt mer net auf sei Dalln, und sonst sicht er noch klasse aus. Der mecht direkt was her.«

»Und da hab ich noch ä Packung neua Lockenwickler, noch original verpackt.«

»Na also, da hammer doch scho unner Gschenke.«

Die Ursel und der Anton spritzn sich noch gegenseitig ä weng mit Deo ein, ziehn sich an, und jetzt könnert's losgeh. Der Anton läfft mit die Gschenke nei die Garasch und fährt es Auto vor. Wie die Ursel nach zehn Minutn immer noch net da iss, hupt er. Frauen brauchng halt immer ä weng länger bei die Renovierungsarbeiten. Endlich kummt sa, hastig reißt sa die Autotür auf.

Super sieht sa aus! Des beescha Pelzjäckla zum beeschn Rock, dazu ghört braun. Brauner Hut, brauner Schal und brauna Schuh! Und die Bernsteinbroschn hat sa sich aa schnell noch neigewürcht. Jetzt lässt sa sich auf den Beifahrersitz plumps.

Sie kommandiert: »Hasta die Gschenke?«

»Ja, die liechng im Auto.«

»Mach die Sitzheizung an, es hat Null Grad!«

Der Anton fährt los, zum FC-Heim.

Bevor sa aussteichng, guckt sie noch ämal kurz nein Kosmetikspiegela an der Lichtblende, und dann nämma sa die Gschenke – des häßt, sie wolln sa nämm. Die Lockenwickler sinn da, aber wo iss der blöd Schokoladnikolaus? Der Anton kniet sich noch einmal auf sein Sitz und sucht die Rückbank ab. Nix.

Der Anton drängt: »Mir müssn nei, es geht an!«

»Aber mir hamm ner bloß des Damengschenk. Der Nikolaus iss net da.«

»Na nämma mir halt was annersch. Da hab ich doch vor drei Wochng ä Abschleppseil käfft und noch nie benützt, des iss noch von der Firma verpackt.«

Die Ursel iss beruhigt: »Gott sei Dank! Ja, des könn mer nämm. Mach den Preis runter.«

Sie ghörn zu die Letztn, die wu den Saal betreten. Sie gebm beim Vergnügungswart die Gschenke für die Tombola ab: die unsichtbar verpacktn Lockenwickler als Damengeschenk und des Abschleppseil als Männergschenk.

Der Vergnügungswart grinst: »Des iss super! Des iss für een, der wu ämal ä scharfes Weib abschlepp will.«

Der Anton und die Ursel sinn über sötta Ordinärien erhaben, und sie laffm stolz quer durchng Saal auf die letzta freia Plätz zu. Warum lachng denn die Sportkameraden heut gar so freundlich dena zwä hintnnach? Na, warum lachng denn die Leut immer lauter? ›Hab ich mich gekämmt?‹ überlegt der Anton. ›Iss mei Hosetürla zu?‹ Der Anton greift sich ab, alles stimmt. An der Ursel iss aa von vornherein nix zu entdecken.

Die Ursel und der Anton setzen sich. Der Verein hat vor kurzem neua Bestuhlung angschafft: Buche natur und Polsterung in Farbe ›Eierschale‹ – vom Feinsten.

Nach ›Stille Nacht‹ und nach der Red vom Vorstand kummt der gemütliche Teil: die Tombola.

Wie die Ursel und der Anton aufstehn, um ihr Überraschungsgschenke entgegenzumehma, da sieht der Anton, dass der Stuhl von der Ursel än dickng, brätn, brauna Pflaatscher auf dera neua Eierschalen-Polsterung hat. ›Neua Stühl‹, denkt er, ›und scho hat sa so ein Schwein eigsäut.‹

Wie er jetzt seiner Ursel nachguckt, kriegt er aber einen Riesenschreck. An der Ursel ihrn beeschn Rock

– genau da, wo der Herrgott die sanitäre Körperöffnung installiert hat – prangt ein riesengroßer brauner Fleck, und noch ä weng Stanniolpapier vom Nikolaus hängt aa dran. Der Anton rennt schnell hinter sei Fraa und läfft, ganz dicht auf dicht, im Gleichschritt mit era.

Er flüstert ihr neis Ohr: »Ursel, mir gehen jetzt so, wie mer sinn, nausn Abort. Ich muss dir äwas schrecklich Wichtigs zeig.«

Die zwä siamesischa Zwilling schlurfen langsam nein Damen-Abort. Die anwesenden Notdurft-Damen kirrn, wie sa sehn, dass der männliche Anton in höchst erotisch-verdächtiger Stellung sei Fraa von hinten deckt.

»Was machng Sie denn da in unnern Damenklo?«, schreit die Erna, die wu grad nei ihr aufgeknöpfta Blusn langt und ihrn abgerissena BH-Träger mit än klenna Sicherheitsnädela repariert.

Und die Irma, die wu ihrn Rock ganz hoch naufgschobm hat, weil sa ihrn geplatztn Straps anguck will, ob der noch zu retten iss, bläckt: »Was mecht denn der Wüstling da mit dera Fraa?«

Der Anton kontert: »Des iss net ›dera Fraa‹, sondern des iss mein Eheweib, und ich will era ner bloß ihrn Hintern abputz.«

»Kann die des net selber?«

»Uiiii«, schreit da die Lina; sie hat na gsehn, den brauna Fleckng, »die hat ja nei die Hosn gmacht!«

Der Anton wehrt sich verzweifelt: »Erschtns iss des kee Hosn, sondern ä Rock, und zwättens iss des kee … kee … kee Dingsda, sondern Milka.«

Die Lina lacht: »Des mechst du mir net weis, dass des Schokolad iss. Des sicht doch jeds Kind, was da passiert iss. Ich sag bloß ee Wort: Durchfall!«

Der Anton schüttelt sein Kopf: »Wett mer, dass des Schokolad iss?« Jetzt nimmt der Anton sein rechtn Zeigefinger und fährt seiner Ursel zärtlich über ihr dicka Backng: »Da, probiern Sa ämal.«

»Pfui Teufel!« schreit die Erna. »Sie Sau! Leckng Sa doch selber!«

Der Anton leckt, und er secht ganz genießerisch: »Milka zartbitter – des war ämal ä Nikolaus.«

Ungeachtet der viela Weiber, die wo alla ämal müssn und um ihn rum Schlange stehn, reinigt der Anton seiner Ursel ihrn Poppes mit viel Wasser und viel abgerissena Abortpapiere. Es Brauna iss jetzt ziemlich weg, aber dafür iss jetzt die kalte Feuchtigkeit da, und die spürt mer fei arg durch. Die Ursel fröstelt. Die Genshaut läfft era auf.

Jetzt find die Ursel ihr Sprach wieder: »Anton, mir gehen hemm. Hässt du Simpl den blödn Scheißnikolaus net aufm Beifahrersitz gelegt, nacher wär gar nix passiert.«

»Wieso ich? Hässt du net gsacht, dass ich die Sitzheizung anmach soll, nacher wär der Nikolaus gar net gschmolzn. Dei bissla Körpertemperatur, die paar siemädreißich Grad, hätt des Zartbitter leicht ausghaltn.«

Sie wolln hemm, damit sich die Ursel mit ihrn frischfeucht gereinigtn Hintern net verkühlt.

Im Auto secht die Ursel: »Mach die Sitzheizung an, mir isses kalt.«

Aber der Anton weigert sich: »Bist du net gstraft genug? Willst du mit dein nassn Hintern aa noch än elektrischen Schlag krieg? Jetzt kurz vor Weihnachtn? Ämend freckert die ganz Autoelektronik.«

Übergewicht

»Herr Dokter, helfm Sie mir, ich bin zu dick!
Mei Schönheit iss fort, mei Fröhlichkeit, mei Glück!
Sie wissen doch, Herr Dokter, wie schlank ich ämal war.
Des kummt bloß vo den guten Essn zwischer Weihnachtn und Neujahr!«

Da meent der Dokter: »Das ist nicht ganz richtig, was Sie da sachten.
Des kommt von den guten Essn zwischer Neujahr und Weihnachten!«

Gut versteckIt

Mensch Moo, da liecht dei Brilln! Wie lang hammer die scho gsucht! Und da, hintern Elektrohobel, da liecht sa. Setz sa ämal auf, ob sa dir noch passt. Du hast doch zugenumma.«

Der Toni und die Toni suchng es ganza Haus aus. Sie häßn alla zwä Toni, aber da kammer net drauf aufpass, wenn mer heier will und ner bloß noch der Toni für die Toni in Frag kummt. Alla annern warn scho ausgschiedn.

Also, die zwä suchng, aber sie suchng kee Brilln, sondern sie suchng es Weihnachtsgschenk für die Schwiegertochter. Morchng iss Heilicher Abend, und alla Gschenke sinn scho sauber und stimmungsvoll verpackt, aufgschicht und stehn eigsperrt in än klenna Kämmerla. Bloß es Kosmetik-Set für die Schwiegertocher finna sa nix mehr.

Sie hamm's irgendwo im Haus gut versteckIt, weil die Schwiegertochter manchmal überall putzt – aa an Eckng, wo mer normal höchstens alla paar Jahr ämal putz müssert, wenn überhaupt. Es Weihnachts-Kosmetik-Set muss sehr gut versteckIt wer, hamm sa damals im August gsacht, wie se's käfft hamm – und da, jetzt finna se's nix mehr, weil sa nix mehr wissen, wo sa such solln.

Zur Zeit sinn sa im Heimwerkerkeller und finna nach über zwä Jahr än Toni sei damals neua Brilln. Der Heimwerkerkeller wird nix mehr so oft benützt, weil der Toni Arthrose hat und die Toni lieber kocht und bäckt als wie schraubt und bohrt.

Jetzt hört mer den Toni: »Ich hab was Papierenes, des könnert des blöda Set sei.« Er tastet und kramt hinter die viela angebrochena Farbtöpfli und Farbdösli rum und bringt äwas zum Vorschein, was in Papier sorgfältig eigewickelt iss.

Ä Kosmetik-Set iss es net, aber …

»Mei Perlenkettn!«, schreit die Toni. »Stimmt ganz genau! Da hab ich sa vorn Urlaub versteckIt, und ich hab gedacht, ä Einbrecher hat sa geklaut.«

Der Toni schent die Toni: »Und du hast sogar Anzeige erstattet bei die Polizei. So eine Blamaasch!«

»Aber ich hab sa doch nix mehr gfunna! Die hat geklaut sei müss!«

»Weiber! Keinerlei Einbruchspuren, aber ›eigebrochng‹! Wie kann mer denn ner bloß so vergesslich sei?«

»Halt du dei Goschn und denk an dei teuera, vergessena Brilln.«

Sie suchng weiter. Im Heimwerkerkeller iss also nix.

»Hammer des Kosmetik-Set vielleicht drom Speicher versteckIt?«, frecht der Toni sei Toni.

Und die Toni secht zum Toni: »Des kann ich mir zwar net vorstell, aber mir könna ja ämal nauf.«

Drom Speicher säun sa sich so richtig ein mit Staab und mit Spinnawebm.

»Guck doch ämal, was da liecht hinter unner alta Ski.«

Die Toni frääț sich: »Gell, es Weihnachtsgschenk, es Kosmetik-Set?«

»Nä, aber der Oma ihr alts Sparbuch.«

Die Oma iss vor etlicha Jahr scho gstorm, und sie hat in ihra letzta Tag immer wieder gseemert: »Es muss fei noch Geld da sei, än Haufm Geld.« Da – da iss es, aber halt uralta R-Mark; da kriegsta heut nix mehr derfür.

Der Toni iss jetzt vom Goldgräberfieber erfasst, und er feuert sei Fraa an: »Weiter, weiter, irgendwo muss des Kosmetik-Set sei. Wo Geld iss, da sinn a merschtns die Gschenke net weit.«

Die zwä Tonis suchng an alla Eckng und Endn. Endlich wird auf die Art und Weis ämal der Speicher aufgeräumt. Net geputzt, aber aufgeräumt. Ä Speicher muss ä weng dreckert sei. Sie finna die alt Gummiwärmflaschn, aa noch von der Oma. Sie finna – und des hamm sa damals ewig gsucht – ihr alts Gsambuch, noch mit Goldschnitt, aber des gilt seit dreißig Jahr nix mehr.

Sie finna ä uralta Rechnung von der Firma Elektro Hinger.

»Ach Gott, ach Gott«, schämt sich der Toni, »die iss ja net ämal bezahlt.«

»Du alter Schlamper, drum hamm die uns immer so komisch angeguckt. Na ja, jetzt nach zwölf Jahr zahl mer sa aa nix mehr.«

Sie finna aa – lange vermisst – die alt Taschelampm; die Batterien sinn inzwischen leer. Sie finna sogar aa noch die alt Hundeleine. Der Hasso iss scho lang eiganga, aber sei Leina wär jetzt wieder da.

Der Toni wird jetzt nervös: »Wu iss denn ner bloß des verdammta Kosmetik-Set? Mir brauchng's doch am Heilichng Abend. Zum Dunnerstag noch ämal!«

Sei Fraa secht: »Also, da homm iss es net. Hammer's vielleicht neis Gartenhäusla versteckIt?«

»Des kann fei sei«, fräät sich der Toni über seiner Toni ihra Idee.

Und die fügt als fromma Fraa aa noch hinzu: »Und, wäßt was? Jetzt bet mer ämal alla zwä ganz fest zu unnern Namenspatron, zum Heilichng Antonius, dem Patron der Schlamper.«

»Der Schlampen?«

»Nä, der Schlamper, so wie du eener bist!«

Die Toni und ihr Moo wallen betend zum Gartenhäusla. Ach Gott, sicht's da aus – ein Durchänanner.

»Da soll des Kosmetik-Set sei?«

»Na ja, des iss doch ä prima Versteck. Da hätt se's garantiert net entdeckt.« Die Schwiegertochter – des wissen sa – hat kee Zeit fürn Gartn.

Es iss kalt, sie frösteln aber sie fanga zu dritt, also die mittlerweile drei Tonis (mitm Heiligen Antonius zamm), es Suchng an. Sie finna die alt Mäusfalln mit sogar noch ä verdörrta Maus drin. Sie hättn sa im Sommer im Keller gebraucht, die Falln, aber net gfunna. Die Kellermaus iss inzwischn an Altersschwäche eigangen.

Sie finna die teuere, noch völlig ungeöffnete Blumenzwiebelsortimentspackung. Blühgarantie für die Tulpm, Kroküss und Narzissn bis 2002, Verfallsdatum 2003. Die hamm sa damals wochenlang gsucht. Es Gartenhäusla wird endlich aa ämal aufgeräumt.

Plötzlich stößt die Toni einen markerschütternden Schrei aus: »Toni! Was hat denn des zu bedeuten?« Hinter än Stoß vo hölzerna Gartenpflöck liecht ä leblosa, nackerta, junga Fraa. Leblos, weil sa auf einem ›Playboy‹ fotografiert worn iss, und der ›Playboy‹ iss alt, Jahrgang 1988 – des iss für än ›Playboy‹ viel.

»Toni! Ghört des dir?«

»Mir? Da wäß ich nix.«

»Fer was brauchst du so was?«

»Ich? Ich brauch doch so was net.«

»Heut vielleicht nix mehr, aber du hast! Geb's zu!«

»Ich? Niemals! Was wäß ich, wie des Zeuch da hintn neikummt.«

»Geb's zu und lüg net! Dank schön, Heilicher Antonius. Du hast gholfm, dass ich seh, mit was fer än Wüstling dass ich verheiert bin.«

»Was häßt da ›Wüstling‹? Des iss doch bloß ä alta Zeitung. Des Mädla dadrauf iss inzwischn aa viele Jahre älter worn und sieht vielleicht heut scho verbotn aus, vielleicht sogar älter als wie du.«

Des Kompliment beruhigt die Toni wieder ä bissla. Des junga, hübscha, nackerta Mädla geht jetzt bestimmt aa stark auf die sechzich und iss nix mehr so jung und so hübsch und so nackert wie damals. Jetzt im Dezember scho gar net. Sie schickt schnell noch ämal ä Stoßgebetla nein Himmel, aber jetzt net zum

Heilichng Antonius, sondern zum Heilichng Aloisius, dass er ihrn altn, blödn Moo die Lust und die Kraft nimmt für sötta sündicha Zeitunga im Gartenhäusla.

»So, jetzt könna mir wieder es Weihnachts-Kosmetik-Set such. Geh her«, will der Toni die sündiche Zeitung nei seiner Tasch steck, »ich schmeiß den Schund weg.«

»Nä, nä«, schent die Toni, »du guckst mir des Zeuch, des unkeuscha, nix mehr an!« Und sie konfisziert die Unmoral.

Alla zwä seufzen jetzt vor sich hin. »Wäßta was?«, sachng sa wie aus einem Mund. »Ich hab kee Lust mehr zum Suchng.«

Der Toni nimmt sich vor: ›Ich geh jetzt nei die Stadt und käff ä neues Set.‹ Dummerweis denkt sei Toni heimlich es Gleicha.

Sie hamm alla zwä än Schlüssel für des Weihnachtskämmerla. Am Abend hamm sich die Haufm Gschenkpackunga im Weihnachtsgschenkkämmerla um zwä Stück vermehrt. Auf dena war ganz klee draufgschriebm: »Für Elfriede!«

Am Heilichng Abend dann eine Frääd. Alla hamm sich, wie alla Jahr, auf ihr Gschenke gstürzt, kaum dass die Lieder gsunga worn. Der Baam hat gstrahlt, die zwä Tonis hamm gstrahlt, die Beschenkten hamm gstrahlt, und die Schwiegertochter hat ee Päckla nachng annernn aufgemacht, im Ganzn drei genau gleicha Päckli.

Des eena allerdings war, weil's im August scho käfft war und als allererstes nein Gschenkkämmerla kumma iss, anstatt mit Weihnachtspapier mit Sonneblumapapier eingewickelt. Sie war inmittn vo drei gleicha Kosmetik-Sets gekniet und hat gemeent: »Da kann ich mich aber jetzt jahrelang dusch und sprüh und eicrem.«

Preislage

Es treffen sich zwä gschäftstüchtige Herrn.
Der ee bewundert dem annern sein Weihnachtsstern.
»Iss der künstlich oder natürlich? Dann wär der Preis günstig!« –
»Der Blumastock iss teuer, denn der iss natürlich – künstlich.«

Herbergssuche

Also, es klappt, mir könna über die Feiertag zum Schifahrn fahrn.«

»Gott sei Dank! Ich hab scho gedacht es wird heuer nix. Die Müllers sinn fei gestern scho fortgfahrn.«

Der Herr Meier, Gschäftsführer in än großen Kaufhaus, tätschelt sei Fraa: »Ich sag doch, bei uns klappt's aa. Du kummst zu dein Schikurs und ich zu meiner Sauna-Wohlfühl-Wellness.«

Die Frau Meier hat aber ihr Bedenken: »Meensta denn, dass mir so auf die Schnelle noch ä Zimmer kriechng? Jetzt, an die Feiertag?«

»Na freilich, ee Zimmer gibt's immer, aa wenn sa völlig ausgebucht sinn. Irgend eener wird scho krank wern oder absachng oder abreis müssn. Mir sinn doch immerhin Stammkundn. Die Bundeskanzlerin wenn plötzlich kämert, hättn sa doch aa ä Zimmer. Wett mer?«

Der Meier war zwar kee Bundeskanzler, aber er war Gschäftsführer, und des iss so äwas ähnliches. Und än Mercedes als Staatskarosse hat er aa gfahrn.

»Hansi, freust du dich scho, dass mir zum Schifahrn fahrn?«, wird der Sohn gfragt.

»Ja, fahrn mir heuer scho wieder nach Sankt Anton?«

»Na klar! Wohin denn sonst? Mir fahrn doch net da, wo die Proletarier rumrutschn auf ihrer Idiotnhügl.«

Es iss kumma, wie's kumm hat müss. Sie sinn am Heilichng Abend in Sankt Anton ankumma, aber ee Hotel nachng annern hat die Achseln gezuckt. »Zu unserem größten Bedauern«, hamm sa gsacht, wär nix mehr frei.

»Iss kenns krank worn oder hat abgsacht? Geht's wirklich net?« Der Meier hat än 100-Euro-Schein ganz verführerisch nei die Hend genumma, und der Rezeptionär hat aa ganz gierig draufgeguckt, aber: Nein. Net ämal fürn Bundeskanzler hättn sa heut ä Zimmer.

»Ä klenns, eenzelns mit ä weng än Sofa aa net?«

»Tut mir Leid, net ämal ä Besnkammer hammer. Mir sinn voll bis unters Dach, sternhagelvoll sozusachng.«

Der Meier kriegt jetzt Angst. Heut iss Weihnachtsbüffet, und auf des Büffet hat er sich scho lang gfrääat und aa auf den Schampus. »Was soll mer denn jetzt mach?«

Der Portier hebt jetzt sein Finger an sei Stirn: »Es gibt jetzt bloß noch ee Schanzn«, secht er. »Drom aufm Berg, hinter der Hochalm iss der Seespitzn-Wirt, der hat aa Zimmer. Vielleicht hat der noch äwas frei.«

»Der Seespitzn-Wirt?«

»Ja, so häßt der. Wenn Sie rechts hinter der Kirch links nauffahrn, dann müssn Sa sich vo da an immer rechts halt. Die Straß iss frei, aber es geht etlicha Kurvm nauf. Sie könna na gar net verfehl, den Gasthof. Der hat übrigens einen gutn Kaiserschmarrn.«

Die Meiers pfeifm auf den Kaiserschmarrn. Sie hamm sich auf än Kaviar gfrääat, auf än Trüffel und auf än Krimsekt.

»Also, rechts nauf, und dann immer links halten. Da, wo der Hund bellt, da isses. Sie könne's gar net verfehl.«

Der Meier hat sich rechts ghaltn, es iss neuna worn. Er hat sich links ghaltn, es iss halber zehna worn. Er hat sich grad ghaltn, es iss mittlerweile auf zehna ganga. Die Serpentinen hat er gar nix mehr gezählt, aber der Seespitzn-Wirt war weit und breit net zu finden.

Die Meiera hat gejammert: »Jetzt hätt ich mich normalerweis scho geduscht und mei Ruusch aufgelegt. Du bist schuld! Net ämal so än lumpertn Seespitzleswirt findsta! Du musst dich doch links halt, hat's ghäßn. Warum fährsta denn da jetzt rechts nei?«

»Weil da ä Hund bellt.«

Ä ganz einsams Bauernhäusla war da gstanna vo än

arma Bergbauern, Andres hat er ghäßn, und des war da, wo der Hund gebellt hat. Än Andres sei Hund.

»Könna Sie mir sag, wo's da zum Seespitzn-Wirt geht?«

»Au weh, des iss fei nuch arg weit nauf, aber was wolln Sa denn da drom? Die hamm doch gschlossn über die Feiertag. Am Heilichng Abend und an die Feiertag wolln die ihr Ruh. Was suchng Sa denn da drom jetzt in dera Dunkelheit?«

»Mir bräuchertn dringend ä Zimmer. Die Hotels sinn alla voll, und die hamm uns da rauf gschickt.«

Der Andres lacht: »Heut, am Heilichng Abend? Des iss ja die reinste Herbergssuch.«

»Herbergssuch? Was iss denn des?«

»Na, die Herbergssuch! Gell, des wissen Sie net? Heut iss doch Weihnachtn, da hat doch die Heilige Familie aa ä Herberg gsucht, vor zirka zwätausend Jahr.«

Der Meier als Gschäftsführer von än großn Kaufhaus erklärt: »Bei mir iss Weihnachtn vo Anfang September an, wenn es Gschäft geht, und des zieht sich dann hin bis fast bis Weihnachtn. Aber wo krieg mer denn jetzt ä Zimmer her? Was mach mer denn jetzt?«

Än Andres sei Fraa kummt, und sie kriegt die ganze Not gschildert.

»Also«, secht sa, »weiterfahr könna Sie net. Der Bua gähnt ja scho, und hier finna Sie weit und breit kee Quartier. Es iss doch aa scho so spät.«

Der Andres kratz sich am Kopf: »Zimmer hamm mir kenns, aber draußn, nebern Stall, da hammer so än Raum. Wenn ich Ihna da mit ä paar alta Matratzen und mit Deckng ä Lager richt soll, Da bringertn Sie die Nacht scho rum.«

Die Meiera zieht die Nasn nauf: »Stall?«

»Es iss net so schlimm, Viecher hamm mir nix mehr viel, ner bloß noch drei Küh, und vorher aufwärm könna Sa sich bei uns in der Stubm.«

Sauer worn sa, die Meiers. Aber was wollten sa mach? Es iss era nix annersch übriggebliebm. Sie sinn nei die Stubm, der Christbaam hat noch gebrennt, und die Fraa vom Andres hat gfrecht: »Hamm Sie denn scho äwas gessn?«

»Nä.«

»Gehn Sa her, ich mach Ihna schnell ä Speckbrot, und trinkng Sa ämal kräftig. Der Mensch braucht Flüssigkeit, und die Nacht iss lang.«

Wenn mer nix annersch hat, iss des Speckbrot und der selbergemachte Käs gar net so schlecht. Der Hansi kriegt Apfelsaft zu trinkng, und der Meier und die Meiera kriechng Wasser und Rotwein. Sie müssn erzähl, wu sa herkumma und dass sa Schifahr wolln.

»Vo Frankng sinn Sie?« Des hamm sa dahomm nu nie ghört. Aber Plätzli könna sa back, dahomm im Gebirg, und Stolln, des schmeckt ja fast besser wie druntn im Hotel.

»So«, secht der Andres, »mir gehen jetzt nei die Mettn. Wolln Sie mit?«

»Mettn?«

»Na, die Weihnachtsmettn, der Gottesdienst um Mitternacht. Mir müssn jetzt scho los, weil der Weg so weit iss.«

»Nä, mir wolln net, des geht ja aa gar net, mir sinn nämlich aus der Kirch ausgetretn«, secht der Meier, und sei Fraa zuckt die Achseln und ergänzt mit vollem Plätzlesmund: »Wecher die Kirchensteuer.«

»Deswecher könnertn Sie doch mit nei die Kirch. Der Herrgott frät sich aa über die Ausgetretena«

»Nä, danke, mir sinn müd.«

Im Vorraum vom Stall hat än Andres sei Fraa ä schöns Lager für alla drei hergericht mit Matratzn und einen Haufm warma Deckng. Sie liechng alla drei recht gsund, ohne durchzuhänga, wie mer's manchmal in die Hotels erleb kann. Sie sinn dick angezochng und warm zugedeckt. Ä bissla ä Ammoniakdüftla von der Küh ihrer Pießrinna hängt aa in der Luft. Des reinigt die Lunga und mecht die Atemwege frei. Heut brauchng sa kee Nasentröpfli.

Dem Hansi gfällt's sogar. Heut derf er seit langer Zeit wieder ämal im elterlichen Bett schlaff. Er hat sich ganz eng an sei Mama gekuschelt, und er schläfft scho, wie sei Mama grad es Kichern anfängt und ihrn Mo noch ämal zwickt.

Der gähnt und brummt: »Also, so än blödn Weihnachtsabend hab ich aa nu net erlebt. Mir liechng hier in än Stall, und es riecht nach Kuhscheiße, und untn im Hotel tanzn sa.«

»Es iss wirklich genau wie seinerzeit an Weihnachtn in der Krippm im Stall«, murmelt sie ihrm Gschäftsführer nei sein Ohr. »Ä Engela hammer da liechng, des schläfft scho, än Stall hammer, und ä Ochs und ä Esel iss aa derbei.«

»Wieso«, frecht der Meier, »wieso Ochs und Esel? Wo sinn denn die Viecher?«

»Na«, lacht sei Fraa, »du bist der Esel, weil du angenumma hast, dass du am Heilichng Abend, ohne vorher zu buchen, ä Hotelzimmer in Sankt Anton kriegst. Und ich bin der Ochs, weil ich dir des gegläbt hab.«

Heuer schenk mer uns ämal nix

Än Franz sei Fraa jammert: »Es geht scho wieder auf Weihnachtn. An die Schenkerei derf ich gar net denk, da graust's mich jetzt scho.«

Der Franz dagegen lässt sich immer gern äwas schenk: »So schlimm iss des doch jetzt aa wieder net. Ich krieg halt immer äwas Praktisches, ä Schampon zum Beispiel, ä Deo oder än Rasierschaum. Die Kinner wissen scho, was mer als Moo braucht, und du, Fraa, du triffst aa immer mit der Faust aufs Aug.«

»Des Kosmetikgeraffl, des könn mer uns alles selber käff. Ä Gschenk muss äwas Besonders sei. Aus Liebe geschenkt, sozusachng. Da muss mer die Liebe direkt rausspür.«

»Ja, des stimmt scho. Aber du kannst dich net beschwer, du kriegst doch jeds Jahr …«

Da lässt die Fraa vom Franz einen Schrei los: »Iich? Mei Gschenke wern jeds Jahr schlimmer: ä Bratpfanna, än Föhn, ä Bügeleisen, ä Navigationsgerät …«

Der Franz gibt zu, dass sotta Gschenke blöd sinn, aber was, bitt schön, was schenkt mer denn und zeigt derbei gleichzeitig Liebe und Zuneigung?

Er, der Franz, wäß wirklich nie was Gscheits für sei Fraa, und immer tappt er danebm mit dem, was er schenkt. Vor zwä Jahr hat er seiner Fraa ä Silvester-Konzertreise nach Salzburg gschenkt. Sich selber hat er natürlich aa gleich mit beschenkt und zu dieser Reise mit eigeladn. Gott sei Dank iss die Reise abgsagt worn. Sie warn die zwä eenzichng, die wo sich angemeldt ghabt hamm. Des war ä billigs Weihnachtsgschenk, nachträglich.

Als Ersatzgschenk hat er ihr dann än Malerkittel und ein Pinsel-Set gschenkt. Beim OBI iss es angepriesen worn: »Einmalig! Weltsensation! Pinsel ohne Haar, ner bloß mit Schaumstoff! Einmalig billig!« Obwohl sie, sei

Fraa, für ihr Läbm gern irgend äwas anstreicht, war era des aa wieder net recht. Auf Weihnachtn, hat sa damals gschent, will sa kenn Pinsel ohne Haar, lieber äwas Persönliches, äwas Herzliches.

Der Franz hat dadraufhin vorigs Jahr vor Weihnachtn schlaflose Nächte ghabt. – Endlich die Idee: Er schenkt era ä Massage. Ach Gott, hat sa da gschent. Ob er vielleicht denkt, sie wär zu fett, und ob er vielleicht an was ganz Spezielles denkert, dass sa sich massier lass wöllert; zu ihrer Bindegewebsschwäche könnert sa nix und aa zu ihrer Orangenhaut, die hätt sa geerbt, die liechert in der Familie. Sie hat gschent wie ein Rohrspatz.

Mit Grausen denkt er aa noch an den Krach, den's seinerzeit gäbm hat, wie er seiner Fraa ä neus Garagentor gschenkt hat. Er hat's doch ner bloß gut gemeent, weil sa sich alla zwä beim Öffnen vom alten Tor immer so ausgerenkt hamm. Jetzt hamm sa eens mit Elektroantrieb, und sie hat's auf Weihnachtn kriegt, und es war aa wieder net recht. Na gut, Liebe spürt mer da net grad raus, aber wenn ä Garagentor kee schöns Gschenk iss, na wäß ich net. Des iss doch praktisch. Der Franz versteht die Welt nix mehr.

Net ämal mit seiner neuen Wühlmausfalln für lebendiges Fangen iss er damals besonders gut ankumma, obwohl sei Fraa monatelang über die Freckers Wühlmäus im Garten gschent hat.

Än Franz sei Fraa iss aber kee Einzelfall. Ihr Freundin, die Gerda, dera wo sa ämal ihr Leid geklagt hat, hat genauso gejammert: »Freilich wissen sa, dass ich gern in meine Gartn bin, aber ich hab jetzt scho drei Weihnachtn hinteränanner ä klenna rota Gartenscher kriegt. Bis vor zwä Jahr.«

Än Franz sei Fraa lacht: »Na ja, des geht ja noch. Und vorigs Jahr hasta dann äwas annersch kriegt oder wieder ä klenna rota Gartenscher?«

»Nä, äwas ganz annersch: ä klenna grüna Gartenscher.«

»Na ja«, stöhnt der Franz heuer vor Weihnachten zu seiner Fraa, »es iss scho ä Kreuz, wennsta nix mehr brauchst, aber äwas gschenkt hab willst. Die Kinner sachng ja aa, sie wöllertn uns ä Frääd mach.«

»Hör mer auf mit die Kinner!«, hat da sei Fraa scho wieder es schentn angfangt.

Da hat der Franz jetzt an ä offena Wundn gerührt. Die Kinner hamm nämlich letzte Weihnachten zammgelegt und hamm ihrer Mama aa ä Pinsel-Set gschenkt. Sogar mit Farbeimer und die Pinsel mit richtiga Haar. Es stimmt zwar, dass die Mutter gern anstreicht, aber so viel Pinsel kann sa net brauch; sie rollt lieber.

»Basta«, legt da än Franz sei Fraa den Plan für heuer fest, »Schluss! Heuer schenk mer uns ämal alla nix zu Weihnachtn!«

»Aber Weihnachten ohne Gschenke? Des iss doch … des iss doch … wie ä Amen ohne Gebet, wie ä Spitzn ohne Eisberg!«

»Halt dei Goschn und halt dich an die Abmachung!«

Der Franz hat die größta Bedenken: »Aber die Kinner hamm doch immer so gern die Gschenke ausgewickelt.«

»Heuer eben ämal net!«, schent sei Fraa. »Mir hamm än Christbaam, mir hamm Plätzli, mir hamm ä Schöppla, mir gehen nei unner Kirch – mehr brauch mer net.«

Jetzt wendet der Franz ei: »Aber wenn doch eens vo die Kinner …«

»Nein hab ich gsacht! Die Kinner kriegens mitgeteilt, und du wäßt's ja scho. Und untersteht euch und käfft ä Gschenk, dann passiert was! Diese Vereinbarung wird einghaltn! Ihr werd ämal sehn, wie glücklich mir alla sinn ohne Gschenke. Und des sag ich euch: Wenn mir eener äwas schenkt, der kriegt des zurück, gnadenlos sofort zurück! Heuer wird ämal nix gschenkt. Basta!«

Es geht stark auf Weihnachtn. Vierzehn Tag sinns noch, und die Zeitunga stehn voller Geschenksonderangebote. »Für den unentschlossenen Ehemann!«, hat ee Anzeige ghäßn. Und ä annera: »Wenn nicht jetzt, wann dann?« Wer für hunnert Euro käfft, kriegt sechzig Euro nachgelassn, usw.

Nein, hat sich der Franz gsacht, nein, mir hamm einen Schwur geleistet, und der wird ghaltn.

Fümf Tag vor Weihnachtn sieht der Franz zufällig, wie sei Fraa hemmkummt und ä Tütn von än Herrenausstatter unterm Arm hat. Sie hat die Schrift auf die Tütn mitn Schirm abdeck woll, aber die Tütn kennt doch ä jeder. Der Franz legt die Stirn in Falten und denkt drüber nach, wie des iss, wenn ä Fraa äwas schwört.

Er erinnert sich an sei junga Jahre, wo sa damals unter sich gsacht hamm, die Burschn unter sich, dass, wenn ä Mädla »eigentlich net« gsacht hat. Dann hat des ghäßn: »Ja, na freilich! Was denkst denn du? Ich will des aa.« Und wenn ä Mädla gsacht hat: »Nein, auf keinen Fall«, dass des dann ghäßn hat: »Na ja, warum eigentlich net? Es derf aber kenns was dervo erfahr.«

Wenn sa also jetzt alla, sei Fraa und die Kinner, ihrn Eid gebrochng hättn, in der Hinterhand eventuell doch, ganz gegen die Abmachung ... und er stehert dann da mit sein blödn Schwur? Mer müssert halt für alla Fäll ... Mecht ja nix, wenn mer's dann doch net braucht an Weihnachtn. Es müssert äwas sei, was mer immer wieder brauch kann. Des wär vielleicht blöd, wenn sie sachert: »Mir hamm zwar gemeent, heuer schenk mer uns ämal nix, aber ich will ämal net so sei.« Und er wär der Depp und hätt nix. Sei Angst vor der Blamage wächst immer mehr.

Een Tag vor Weihnachtn geht er zum OBI-Baumarkt. Er will ämal guck, ob's net doch äwas gibt, was sa sowieso brauchng. Ä Notfallgschenk. Äwas für ä Fraa müssert's natürlich sei. Er steht zwischer Lampm und Bohrmaschina, zwischer Rasenmäher und Abortdeckel, zwischer Folie und Tapeten.

Ä Verkäuferin frecht: »Kann ich Ihna helf?«

»Ach nä, aber ich such äwas für mei Fraa.«

»Was mecht sa denn so ab und zu ämal ä weng ganz gern?«

»Im Sommer Garten und im Winter ...«

»Bastelt sa gern ä weng äwas mit Holz?«

»Nä, sie streicht lieber ä Wend an.«

»Da hab ich was ganz Außergewöhnliches, äwas Sensationelles: ä Profi-Pinsel-Set!«

Der Franz hebt sei zwä Hend und schreit verzweifelt: »Nein! Nein! Nein! Alles, bloß des net. Bitte kein Pinsel-Set. Also, Fräulein, ich brauch Sie eigentlich gar net, ich will noch ä weng guck, es fällt mir sicher äwas ei.«

Der Heilige Abend kummt. Es wird äwas gessen, es wird gebet und gsunga, es wird der Baam angezündt, und alla sitzen im Wohnzimmer um die paar Plätzli rum. Der Tisch mit die Gschenke iss leer.

Die Mutter erhebt ihr Stimm: »Also, Gschenke gibt's heuer kenna, des wisst ihr. Aber ich hab gemerkt, dass der Vater ä neua Hosn braucht. Wie gsagt, des iss kein Gschenk, des iss ä Notwendigkeit.«

Der Franz wehrt sich mit dem Mute der Verzweiflung: »Ich brauch doch kee Hosn! Ich hab doch genug guta Hosn. Und warum hast sa denn dann eigentlich so festlich eigepackt, wenn's kee Gschenk sei soll? Und was iss mit dera Praliné?«

»Die sinn für dich. Wenn dir die Hosn zu weit iss, dann musst sa ess, und wenn die Hosn knapp sitzt, dann ess ich sa.«

Die Kinner hamm dann doch aa heimlich änanner

klenna Gschenkli gemacht. Ä CD, ä DVD, än Stick oder so was ähnlichs, aber immer festlich eingepackt. »Des hat mit Weihnachtn nix zu tun«, sachng sa, des hab ich scho lang für dich käfft.«

Die Mutter merkt, dass der Damm bricht, sie guckt ihr klenna Tochter an, die wu ihr bis jetzt immer gfolgt hat. Die Klee iss die eenzich, die wo sich an den Schwur hält. Sie hat kenn was gschenkt, hat aber, gegen die Abmachung, än Haufm Gschenke um sich rum liechng.

Sie strahlt, die Klee: »So än Haufm Gschenke wie heuer hab ich nu nie kriegt! Heuer, wo mer doch eigentlich nix kriech söllertn! Also gut, nächsts Jahr kriegt ihr vo mir es Doppelta von heuer gschenkt.«

Ihr großer Bruder iss Mathematiker und rechngt schnell: »Dann krieg mer wieder nix von era: Null mal doppelt iss wieder null. Gar net so dumm.«

Nachdem der Damm wirklich geborsten iss und die Flut der Geschenke gar nix mehr zu überschauen und schon gar net zu bändigen war, geht der Vater nein Keller und bringt sei Eventualgeschenk, sei Notfallgeschenk rauf für sei Fraa: ä starke Abdeck-Folie vier mal fümf Meter, än Eemer Wandfarbe, Marke Exquisit innen oder außen, und ä Rolln Raufasertapetn.

Wilhelm Wolpert bei *vmn*

Der kranke Franke

Fränkische Gschichtn zum Gesundlachen, 80 Seiten, 12,00 €

Fränkischa Frecker

Fränkische Gschichtn und Gedichte, 80 Seiten, 12,00 €

Ä Katz müßt mer sei

Fränkischa Gschichtli vo fränkischa Tierli, 80 Seiten, 12,00 €

Haut ab! Des iss unner Feuer!

Geschichten von der Fröhlich-Fränkisch-Freiwilligen Feuerwehr

88 Seiten, 12,00 €

Jetzt wird's aber Zeit

Mundartliche Geschichten und Gedichte für Franken, 80 Seiten, 12,00 €

Liebes Christkindla . . .

Weihnachtliche Geschichten und Lieder aus Franken, 64 Seiten, 10,00 €

Herrgott, Dir wenn's nachging

Frech, fromm, fröhlich, 64 Seiten, 10,00 €

Der fränkische Moo

War der eigentlich immer scho so? 80 Seiten, 12,00 €

A Fränkische Fraa

Die kummt een zwar teuer, aber – mer hat aa lang draa, 80 Seiten, 12,00 €

Schwarza fränkischa Schäfli

Immerzu fromm in Gedanken, Worten und Werken –

des sinn net grad än echten Franken sei Stärken, 80 Seiten, 12,00 €

Fränkisch verheiert

Du sollst mich begehr', sonnst kannsta mich gern hab!, 80 Seiten, 12,00 €

Die CDs

So sinn sa halt, die fränkischa Frecker!

Wilhelm Wolpert – live erlebt!

A fränkischa Fraa unn ihr Moo

Wer lacht'n an Weihnachtn?

Infos unter: www.wilhelm-wolpert.de

vmn

Verlag M. Naumann

E-Mail: info@vmn-naumann.de

Im Internet finden Sie uns unter: www.vmn-naumann.de